La disciplina
de Penelope

NEFELIBATA

Gianrico Carofiglio

La disciplina
de Penelope

Traducción de Montse Triviño

Duomo ediciones
Barcelona, 2022

Título original: *La disciplina di Penelope*

© 2021, Gianrico Carofiglio
  Edición original de Mondadori Libri, S.p.A.
© de la traducción, 2022 por Montse Triviño González
© de esta edición, 2022 por Antonio Vallardi Editore S.u.r.l., Milán

Todos los derechos reservados

Primera edición: agosto de 2022

Duomo ediciones es un sello de Antonio Vallardi Editore S.u.r.l.
Av. de la Riera de Cassoles, 20. 3.º B. Barcelona, 08012 (España)
www.duomoediciones.com

Gruppo Editoriale Mauri Spagnol S.p.A.
www.maurispagnol.it

ISBN: 978-84-19004-25-3
Código IBIC: FA
DL B 8.215-2022

Diseño de interiores:
Agustí Estruga

Composición:
Grafime Digital, S.L.
www.grafime.com

Impresión:
Grafica Veneta S.p.A. di Trebaseleghe (PD)

Impreso en Italia

1

Su respiración se volvió por fin regular. Inspiraba por la nariz y espiraba por un lado de la boca, como un pequeño instrumento musical de fuelle. No hacía mucho ruido o, al menos, no demasiado, no tanto como otros. En otras circunstancias –en otra vida– hasta me habría parecido posible dormir a su lado.

Pensé durante un momento en todos los otros: en los ruidos grotescos, casi afectados, que emitían algunos tras sumergirse en un sueño irregular. Me vino a la mente un libro que tenía mi abuela en casa, *El país de las nanas*. Recordaba muy bien las ilustraciones –de diseño anticuado, pues el libro era de los años treinta– y vagamente la historia. Había una especie de mago que esparcía unos polvos para dormir sobre el pequeño protagonista, un niño que llevaba un gracioso pelele. Cuánto me habría gustado tener aún aquel libro. Hojearlo como hacía de niña, cuando me quedaba a dormir con mi abuela cuando ella estaba en casa, cuando no había salido de viaje. Quedarme dormida mientras imaginaba que el hombre del sueño, con sus polvos mágicos, venía a visitarme a mí también. Quedarme dormida sin pensar en nada. Muchas personas se quedan casi paralizadas cuando, de buenas a primeras, se les dice que pidan un deseo. Si me lo preguntaran a mí, en cambio, no dudaría ni vacilaría: volver a quedarme dormida como cuando era niña, en casa de la abuela Penelope.

Me levanté despacio de la cama para no despertar al hombre. ¿Cómo se llamaba? Alberto, tal vez, pero no estaba segura; la música sonaba demasiado alta en el momento de las presentaciones. Recogí mis cosas, esparcidas entre un sillón y el suelo, y me dirigí al cuarto de baño.

Apenas abrí el grifo para no hacer ruido. Solo lo estrictamente necesario. Ya me ducharía en casa para borrar aquella experiencia.

¿Experiencia? Cuidado con las palabras. Experiencia es cuando aprendes algo, cuando estás presente en una situación y esa situación te deja una huella, una señal. Que no era precisamente lo que había sucedido poco antes.

Casi una hora de ejercicios gimnásticos, en un determinado momento incluso delante del espejo. Para que lo recordara bien, como había dicho él con una voz falsamente ronca; la idea era que fuera erótica, mientras se movía como si estuviera haciendo un tutorial, contrayendo rítmicamente los músculos hipertróficos y contemplando nuestra imagen reflejada. Más que sexo, parecía una competición de culturismo. Cuando me preguntó si algún otro hombre me había hecho gozar de aquel modo, me dije que ya había tenido bastante. Fingí un orgasmo de primera categoría, con muchos gemidos y estremecimientos, y él, llegados a ese punto, también se sintió autorizado para poner fin a su exhibición.

Después de lavarme, no pude resistir la tentación de abrir los armarios a ambos lados del espejo. En el de la derecha encontré enjuague bucal, ibuprofeno, Toradol, colirio, Rinazina, vitaminas, omega 3, cúrcuma, glucosamina, melatonina, preservativos de varias clases (incluidos los de sabor a fresa, que, por suerte, me había ahorrado). Algo más escondidos, Levitra y Minias. El Minias era, evidentemente, la razón de que ahora durmiera tan tranquilo. El Levitra no sabía lo que era, así que –ya lo sé, soy muy indiscreta– leí el prospecto y descubrí, sin grandes sorpresas, que era un «fármaco para el tratamiento de la disfunción eréctil en hombres adultos».

Para completar la inspección, eché un vistazo también al otro armario: varias maquinillas de afeitar, crema hidratante, crema antiarrugas, *lifting* para el contorno de ojos, suero, parches para eliminar ojeras, base de maquillaje, polvos bronceadores... En la cara interior del armario había pegado la página de una revista con diversos ejercicios de gimnasia facial «para tonificar los músculos de la cara y combatir arrugas, líneas de expresión y otros signos del paso del tiempo». Me lo imaginé estirándose la piel hacia las sienes –«poniendo ojos de chino, para entendernos», sugería el autor del artículo– para contrarrestar arrugas y patas de gallo.

Decidí en aquel momento echar un vistazo al resto de la casa. La cocina estaba limpia y perfectamente ordenada. En la nevera había cartones de leche de soja, pechugas de pollo, productos probióticos, desayunos proteicos, bebidas para deportistas y una botella de *champagne*.

Después estaba el gimnasio: una habitación espaciosa con banco, aparatos de musculación, mancuernas, barra de dominadas, una espaldera y un saco de boxeo. El comedor era amplio, con vistas, y estaba decorado con muebles nuevos tan caros como insulsos. En los estantes había una veintena de libros: *fitness*, alimentación, autoayuda y Paulo Coelho.

Antes de marcharme, entré de nuevo en el dormitorio en penumbra.

Me acerqué al hombre, que seguía durmiendo tan tranquilo y que, tal vez por eso mismo, me suscitó una ternura pasajera. Casi me entraron ganas de acariciarlo, de despedirme con un beso. Me duró un par de segundos. Luego le dije adiós con la mano, comprobé que llevaba el móvil, el espray de pimienta y el calcetín lleno de canicas, y me fui.

La puerta del edificio se cerró a mi espalda y me encontré ante un Milán grisáceo, salpicado de luces impuras. No hacía demasiado frío..., aunque dicen que ya nunca hace demasiado frío.

Un mendigo dormía dentro de un saco, rodeado de un refugio hecho de cartones junto a la entrada de un banco. De edad indescifrable, como casi todos los que viven en la calle. Empecé a fijarme en los mendigos cuando me contaron la historia de un excompañero de instituto. Primero una desagradable separación, después el despido, luego ya no pudo permitirse la casa en la que vivía y no consiguió encontrar otra. Dormía en un coche viejo, comía en los comedores sociales y vivía de lo que podía, limosnas incluidas. Desde que me enteré, observo atentamente a todos los sintecho con los que me topo. Busco en las barbas descuidadas, en los rasgos deformados por la soledad, la miseria, el frío y el vino peleón, las facciones de aquel muchacho al que, en realidad, jamás llegué a conocer. Fuimos cinco años a la misma clase y no recuerdo haber hablado con él ni una sola vez. Ahora, sin embargo, me gustaría encontrarlo y preguntarle cómo ha podido ocurrir, ayudarlo quizás. Una de mis muchas ideas sin sentido.

El hombre que en ese momento dormía delante de mí no se parecía a él. Por otro lado, quién sabe si lo hubiera reconocido en caso de haberlo encontrado. En el refugio de cartón podía leerse una frase escrita con rotulador: «SI QUIEREN, DÉJENME ALGO. VIVO DE ESTO». Con la coma y el punto en el lugar preciso, la caligrafía recta, ordenada e infantil, como si se tratara de un cuaderno de tercero de primaria. Saqué un billete de veinte y se lo puse entre los dedos. Él no se enteró de nada y siguió durmiendo.

Luego encendí un cigarrillo, me puse los auriculares, busqué «Nick Cave» y, con los primeros acordes de *Into My Arms*, me dirigí a casa.

2

Llegué al bar de Diego pocos minutos antes de las once, la hora de la cita. Para ser noviembre, hacía un día precioso, radiante, con un viento fresco pero no frío. El aire hasta parecía limpio. Había dormido pocas horas, pero de todos modos me sentía bastante descansada.

–Hola, Diego. ¿Está libre la parte de atrás?

–Hola, Penny. Libre.

Aunque durante mucho tiempo odié ese apodo, al final he terminado por acostumbrarme. Si alguno de mis –pocos– amigos me llamara Penelope ahora, me resultaría extraño.

–Dentro de unos minutos llegará un tipo preguntando por mí –dije, mientras me dirigía a la parte trasera del local.

Era una especie de salita con dos mesas en la que casi nunca entraba nadie.

–Lo haré pasar. ¿Qué te pongo?

–Un café americano largo, con un dedo de Jack.

Diego me miró, luego miró el reloj y luego me miró de nuevo.

–Penny, son las once...

–No me he expresado bien, es culpa mía, sintetizo demasiado. Reformulo: café americano en taza grande con un chorrito de Jack Daniel's. Si se te ha acabado, no pasa nada; me va bien cualquier otra marca. Y para que te quedes más tranquilo, que sepas que he reducido mucho. Es posible que no beba nada más hasta la noche.

Me senté después de colgar la chaqueta en un gancho de la pared. Un par de minutos más tarde llegó Diego con el café. Bebí enseguida un sorbo para comprobar que había preparado lo que le había pedido.

–¿Quieres comer algo?

–Gracias, me he tomado un desayuno sano y sin *bourbon* en casa.

Diego se quedó allí.

–¿Quieres decirme algo? –Se aclaró la voz–. ¿No crees que sería mejor hablar con alguien?

–Escúchame, Diego. Aprecio mucho tu amistad y tu interés. Pero, de verdad, no tienes de qué preocuparte. Lo tengo controlado y me ayuda. Me tomo algún ansiolítico de menos, me bebo alguna copa de más, y listos.

—Ya sé que es inútil decírtelo. He visto y escuchado a muchas personas con discursos idénticos al tuyo.

—¿Te refieres a los alcohólicos?

—Quienes tienen problemas con el alcohol lo primero que hacen es negar que exista tal problema. Y luego, a veces, se convierten precisamente en... lo que has dicho tú. ¿Qué tiene de malo hablar con alguien?

Me invadió una oleada de impaciencia. La controlé a duras penas para evitar que desembocase en mi habitual reacción airada. No habría sido justo. Muchas personas solo quieren soltarte un sermón. Proyectan en los demás su necesidad de sentirse mejores. Pero Diego, no: estaba preocupado. No se merecía ver mi peor lado. Respiré hondo.

—De acuerdo, Diego. Puede que tengas razón y admito, por mi parte, un error de perspectiva. Te prometo que pensaré seriamente en el tema. Es decir, en si quiero hablarlo con alguien. Pero ahora vete, que tienes trabajo. Y pronto, yo también lo voy a tener.

Diego parecía estar a punto de añadir algo, pero finalmente se limitó a asentir, dio media vuelta y regresó a la otra sala. Bebí un largo sorbo de café y me dije que no debía terminármelo enseguida: seguro que Diego me ponía un montón de pegas para servirme otro.

Minutos más tarde apareció el hombre al que estaba esperando. Alto y más bien delgado, aunque la suya no era una delgadez natural. La americana le quedaba un poco grande: o bien había hecho una dieta estricta, o le había sucedido algo desagradable.

–Buenos días, ¿la señora Spada?

–Buenos días. Siéntese –dije, mientras señalaba con una mano la silla que estaba frente a la mía, al otro lado de la mesa.

El hombre se sentó con gesto de circunspección, como si temiera que la silla fuera a ceder bajo su peso. Después volvió a incorporarse y me tendió la mano.

–Mario Rossi –se presentó. Y luego, mediante una bromita que a saber cuántas veces había soltado ya, añadió–: Sí, ya sé que es un nombre bastante común, pero es mi verdadero nombre, no un pseudónimo.

Me dedicó una sonrisa de cortesía, que desapareció apenas un segundo después.

–¿Quiere un café?

–Esta mañana ya me he tomado tres. Mejor no exagerar.

–Muy bien. Pues usted dirá.

–Creo que Filippo Zanardi ya le anunció mi visita.

–Sí, aunque sin decirme el motivo.

El hombre se ajustó con un gesto mecánico el nudo de la corbata, que estaba bastante flojo y mal hecho. Se aclaró la voz.

—Mi mujer fue asesinada hace algo más de un año.

Exactamente un año, un mes y tres días atrás su esposa, Giuliana Baldi, no había vuelto a casa por la noche. Solía retrasarse con frecuencia. Era profesora de *fitness* y trabajaba sobre todo como entrenadora personal en casa de sus clientes, a veces hasta tarde. En otras ocasiones salía con sus amigas, pero siempre avisaba si se iba a retrasar.

La noche del 13 de octubre de 2016 no regresó ni tampoco avisó de que fuera a llegar tarde. Su móvil estaba apagado. Él, Mario Rossi, llamó al gimnasio: estaban cerrando y le informaron de que aquella tarde Giuliana no había estado allí. No tenía ningún curso y, obviamente, tampoco ninguna clase particular en el gimnasio. Puede que hubiera ido a trabajar a casa de algún cliente, pero no sabían de quién podría tratarse. No, no tenían una lista de sus clientes personales. El gimnasio se llevaba un tanto por ciento de los que entrenaban allí, pero los demás eran un asunto privado del entrenador o entrenadora en cuestión.

Al hacerse tarde de verdad, Rossi fue a la comisaría, esperó un buen rato delante de la oficina de denuncias y, finalmente, consiguió hablar con un inspector. En resumen, el policía le explicó en tono comprensivo que, al tratarse de una persona mayor de edad, no podían hacer gran cosa, que no se podía descartar que se hubiera marchado por voluntad propia. En cualquier caso, registraron la denuncia y enviaron un aviso a las patrullas. El siguiente paso era llevar el informe a la fiscalía para que el juez de guardia decidiera si era necesario pedir los registros telefónicos del móvil o iniciar alguna otra investigación.

Sin embargo, no hubo tiempo para todo eso: al día siguiente, por la tarde, apareció el cadáver en un terreno en barbecho a las afueras de Rozzano.

–¿Quién la encontró?

–Un jubilado que había salido a pasear con su perro.

Mario Rossi contaba la historia con un extraño distanciamiento o, mejor dicho, con cierta neutralidad, sin titubeos emotivos. Utilizaba expresiones muy apropiadas, buscaba siempre la palabra exacta para decir lo que debía. «Terreno en barbecho», por ejemplo. La excesiva precisión lingüística de un testigo que debiera mostrarse anímicamente afectado por lo que cuenta es siempre un factor que ha de tomarse en consideración..., aunque no para extraer de forma automática la conclusión de que está mintiendo. Hay que prestar atención a la intuición detectivesca; hay que prestar atención a no sacar conclusiones rápidas a partir de los indicadores lingüísticos. En realidad, hay que prestar atención a no sacar conclusiones rápidas y punto, con o sin indicadores lingüísticos. Hablar de una manera determinada unas veces puede significar una cosa y otras, exactamente lo contrario.

Si estás escuchando a un testigo y este suda, palidece o, en general, muestra señales de miedo o nerviosismo, puede significar que está mintiendo, pero también puede significar que, tratándose de una persona muy emotiva, esté estresado por la situación. Para un inspector, policía o juez, interrogar a un testigo y ocuparse de hechos gravísimos es parte de un trabajo que, como muchos otros, se convierte en rutina. Para el testigo, en cambio, es un suceso excepcional y estresante, algo a lo que con toda probabilidad no se ha enfrentado hasta ese momento y a lo que con toda probabilidad tampoco volverá a enfrentarse nunca. Así pues, ciertos indicadores –la palidez, el sudor, el gesto de retorcerse las manos o, como en el caso de Rossi, el uso de un lenguaje preciso y distante– deben despertar un mínimo de interés, por no hablar de determinadas sospechas, pero no deben llevarnos forzosamente a sacar conclusiones rápidas. Sacar conclusiones rápidas es como ponerse unas anteojeras que impiden –impiden literalmente– ver todo aquello que no solo no encaja con esas conclusiones, sino que podría ser decisivo.

Por tanto, el uso de palabras precisas en un sujeto del que cabría esperar que se mostrase emocionalmente afectado o bien puede significar que miente, o bien puede reflejar un intento por su parte de protegerse del doloroso impacto de una experiencia traumática. Un lenguaje frío y distante –como el de las actas, para entendernos– permite tener el sufrimiento bajo control. Cada uno se defiende del dolor y del miedo como sabe o como puede.

–¿Quién acudió al lugar de los hechos?

–¿A qué se refiere?

–Quiero decir: ¿los *carabinieri* o la policía?

–La policía.

Rossi hizo una pausa, como si esperara más preguntas.

–Adelante, le escucho.

Llegó la policía, luego un forense y, por último, el fiscal de guardia. Bastaba una inspección ocular para comprender que la causa de la muerte era un disparo en la cabeza y que la mujer no había fallecido en el lugar en que se había hallado el cadáver. Las manchas hipostáticas indicaban que, en las horas inmediatamente anteriores, el cuerpo había estado en una postura distinta a la que presentaba en ese momento.

–¿Tenía el móvil, el monedero o algún objeto de valor?

–No. Ni móvil ni monedero ni joyas.

–¿Alianza?

–No llevaba.

–¿Alguna otra señal de violencia, aparte de la herida?

–No. Según reveló la autopsia, fue alcanzada –dijo,

usando la palabra «alcanzada», más propia de los informes y de las conclusiones de la autopsia– por un único disparo de arma de fuego en la cabeza, y la muerte se produjo de forma instantánea.

Pronunció esas últimas palabras con un tono de casi evidente alivio. Debía de haberse repetido muchas veces que, al menos, su esposa no sufrió cuando la asesinaron.

–¿El proyectil?

–Calibre 38. Lo encontraron en la autopsia.

–¿Usted la leyó?

–Leí todas las actas del proceso, pero no vi las fotos, si es eso lo que me está preguntando.

Era eso lo que le estaba preguntando, así que me limité a asentir con la cabeza.

–¿Fue al lugar de los hechos?

–No, el reconocimiento se hizo en el depósito de cadáveres.

–¿La policía fue a su casa?

–Sí, me preguntaron si podían venir a echar un vistazo. Les dije que sí, lógicamente.

–Pero no fue solo un vistazo, ¿verdad?

–No. Lo registraron todo. Uno de ellos charlaba conmigo y se hacía el simpático mientras los demás buscaban por todas partes. Incluso hablaron con los vecinos.

–¿Se llevaron algo?

–No, pero al día siguiente volvieron con la científica y una notificación de inculpación según la cual se me estaba investigando por homicidio voluntario. Me explicaron que solo era una formalidad, que la notificación de inculpación era imprescindible para hacer..., ¿cómo se llama...?

−¿Una inspección técnica no repetible?

−Sí, eso.

−¿Designó usted un abogado?

−Sí, vino a casa y estuvo presente durante los registros.

−¿Usaron luminol?

El luminol es un compuesto químico utilizado por la policía científica para detectar cualquier rastro latente. Funciona aun cuando se haya intentado limpiar la sangre, y, entre otras cosas, evidencia la presencia de lejía, que se usa a menudo para eliminar los rastros hemáticos. Lo de la notificación de inculpación era algo más que una formalidad, me dije: si habían usado el luminol en casa de Rossi, era porque sospechaban que el homicidio podía haberse cometido precisamente allí.

−Sí. Buscaban restos de sangre. Incluso inspeccionaron los dos coches.

−¿Y qué encontraron?

−Nada.

−Después de esa segunda visita, ¿se llevaron algo?

−Cogieron el ordenador de Giuliana. Me lo devolvieron después de haber hecho una copia del disco duro.

–¿Tienen...? ¿Tuvieron ustedes hijos? ¿Hay niños?

–Una niña. –Y luego, como si se tratara de una información indispensable, añadió–: No presenció el registro. Desde el día anterior estaba en casa de los abuelos, mis padres.

–¿Hay abuelos maternos?

–No. Giuliana era huérfana. Cuando la conocí, ya había perdido a sus padres en un accidente de tráfico.

Fue entonces cuando me pregunté por qué motivo me estaba contando todo aquello y por qué motivo yo lo estaba escuchando sin preguntárselo.

–¿Sigue abierto el proceso contra usted?

–No. Lo archivaron. Tengo una copia del expediente. La he traído –respondió, mientras sacaba del bolsillo interior de la americana una memoria USB–. Cuando se hizo la solicitud de archivo de la causa, mi abogado pidió una copia completa de las actas procesales. Creo que es una sentencia del Tribunal de Casación...

–En realidad, es del Tribunal Constitucional. Dice que el investigado tiene derecho a obtener una copia de las actas en caso de que se solicite archivar el proceso y que la fiscalía está obligada a proporcionársela, a menos que existan razones específicas de secreto relativas a otro procedimiento.

–Eso mismo me contestó mi abogado cuando leí las actas y le pregunté si se podía hacer algo.

–¿En qué sentido?

–Si era posible apelar o algo así.

–No se puede.

–Ya, eso me dijo.

–Pero ¿por qué quería impugnar la resolución? Archivaron el proceso y, por tanto, consideran que no existen pruebas en su contra.

–Si lee el auto de archivo, comprenderá el porqué.

–¿Qué dice el auto de archivo?

–Pues que no existen pruebas para proceder, pero que las sospechas en mi contra son «inquietantes», sobre todo porque la investigación revela la inexistencia de hipótesis alternativas.

Guardé silencio, pues comprendía su punto de vista: si de verdad era inocente, una resolución de ese tipo era casi tan infamante como una condena. Un juez no debería hacer esa clase de consideraciones cuando archiva un proceso. Es manchar la reputación de una persona que no puede hacer nada para defenderse precisamente porque no se contempla la posibilidad de impugnar un auto de archivo. Se pueden escribir las palabras más duras con total impunidad. Y cualquiera puede retomarlas, también con total impunidad.

Imagina que te ves involucrado en un proceso penal. Por una serie de circunstancias, aunque seas inocente, existen indicios en tu contra: insuficientes para que te detengan y se pueda continuar el proceso, pero suficientes para escribir en el auto de archivo que las sospechas en tu contra son «inquietantes». No puedes hacer nada, ni siquiera si un periodista decide citar esa frase y los lectores se convencen de que, en realidad, eres culpable y te has librado de la condena. Si intentas querellarte contra los responsables del periódico, te responderán que ellos se han limitado a citar lo que ha escrito el juez. Y perderás la causa.

Cuando se archiva un proceso, debería escribirse simplemente —del modo más aséptico posible— que no existen elementos para ejercer la acción penal. Pero muchas veces no es así. Esto era algo que, por decirlo de algún modo, no me preocupaba especialmente cuando trabajaba como fiscal. Dejémoslo en que, estando en ese lado y en aquella época de mi vida, me mostraba menos sensible ante ciertos temas.

–Pregunté si había algún modo de solicitar una nueva investigación, de que se estudiaran otras pistas, otras hipótesis. Tal vez no condujeran a la identificación del verdadero culpable, pero, como mínimo, me habrían librado a mí de esas sospechas. El abogado me contestó que no se podía hacer nada. O que, al menos él, no podía hacer nada. Según me dijo, en teoría, era una tarea para un detective privado; pero, en la práctica, me desaconsejó que contratara alguno. Dijo que los detectives privados solo resolvían casos en las películas y en las novelas. Me dijo que siguiera adelante, que intentara olvidar, que el auto de archivo no tardaría en quedar sepultado por el tiempo y el polvo, que rehiciera mi vida.

–¿Por qué me cuenta todo esto? ¿Por qué ha querido verme?

Mario Rossi se quitó las gafas y se frotó la nariz y las comisuras de los ojos con el pulgar y el dedo corazón de la mano derecha. Sin gafas era distinto. Todo el mundo lo es, pero algunas personas más. Pensé que era un hombre atractivo. Atractivo y frágil. Volvió a ponerse las gafas.

–Después de hablar con el abogado no sabía qué hacer ni a quién dirigirme, así que, al final, busqué a Filippo Zanardi. Era el periodista que había seguido más de cerca el caso de mi mujer. Durante aquellos meses nos vimos varias veces, aunque yo nunca quise concederle una entrevista. Le dije que aceptaba hablar con él si se comprometía a no publicar mis declaraciones. Me parecía algo muy poco oportuno, erróneo. Alguna vez había leído sobre casos..., en fin, casos graves como este, y siempre había experimentado una fuerte sensación de malestar al ver a parientes de las víctimas concediendo entrevistas y haciendo declaraciones. Me parecía algo..., no encuentro la palabra...

–¿Obsceno?

–Obsceno, sí. Es la palabra exacta. En fin, Zanardi respetó siempre nuestro acuerdo. Escribió muchas veces sobre el caso y, desde luego, lo que yo le conté le resultó útil, pero no me mencionó jamás ni mucho menos citó textualmente frases mías. Digamos que establecimos una relación personal.

–¿Y qué tiene que ver Zanardi con el hecho de que estemos aquí hablando?

–En un momento determinado le pregunté qué pensaba sobre el hipotético caso de que yo contratara un investigador privado. Me dijo prácticamente lo mismo que el abogado, pero añadió que, si de verdad quería intentarlo, hablara con usted.

–¿Con qué fin?

–Quiero que averigüe quién mató a mi mujer. Y por qué.

Respiré hondo.

–Lo siento, pero es un trabajo que no puedo hacer. Dejando a un lado otras consideraciones, no dispongo de los medios.

Él no dijo nada. Se limitó a asentir con la cabeza, dispuesto a escucharme.

–Es muy improbable que un detective privado logre lo que no han logrado la policía y la fiscalía. Si después de hablar conmigo se dirige a una agencia tradicional de investigación, allí aceptarán el encargo, le pedirán un buen anticipo, harán algún que otro intento y no descubrirán nada relevante o, por lo menos, nada útil. Luego redactarán un largo y pomposo informe lleno de anexos para justificar el anticipo y el pago pendiente, y por último lo despedirán con una palmadita en la espalda.

–Cierto. Y por eso me ha dicho Zanardi que, si hay una persona en el mundo capaz de resolver este caso, es usted.

–A Zanardi le gustan mucho las frases grandilocuentes, cuando escribe y cuando habla. Solo tiene razón en una cosa: mejor no acudir a un detective privado, sería tirar el dinero. Pero conmigo también sería tirar el dinero. Lo siento, debe usted resignarse. No es agradable que hayan sospechado de usted, pero, a fin de cuentas, no ha habido daños irreparables No lo han detenido, solo lo han investigado un poco. Comprendo que es un engorro, pero la cosa acabó bien: se archivó el caso, aunque a usted le desagradara alguna expresión del auto de archivo. Es posible que en un futuro impreciso se descubra al asesino de su esposa. Puede que lo asalten los remordimientos y la necesidad de expiar su culpa... Es poco habitual, pero a veces pasa. O quizás se lo confiese a alguien, y ese alguien se lo cuente a otra persona, y el rumor acabe llegando a un poli o *carabiniere* y se reabra el caso.

«Siempre que el culpable no seas realmente tú», pensé mientras terminaba la frase. Aunque, entonces, ¿por qué buscar a alguien para una investigación privada? ¿Para preparar una defensa, en el hipotético caso de que, por algún motivo, se reabriese la investigación oficial? Imposible saberlo.

La voz de Rossi interrumpió el flujo de mis pensamientos.

–Tengo miedo de que mi hija, al hacerse mayor, llegue a dudar de mí o, peor aún, se convenza de que yo maté a su madre. Por eso, sobre todo por eso, deseo encontrar al asesino.

Cogí el paquete de cigarrillos, saqué uno y me lo coloqué entre los labios. Sostuve el encendedor unos momentos antes de dejarlo y retirar la mano del bolsillo de la chaqueta.

–¿Cuántos años tiene la niña?

–Siete.

–Ya se lo ha dicho su abogado: cuando la niña sea mayor, el expediente y toda esta historia habrán sido sepultados de verdad por el tiempo y el polvo. Solo sabrá que su madre fue asesinada, algo con lo que no es fácil convivir, y que jamás se encontró al asesino.

Mario Rossi negó con la cabeza.

–Si yo fuera mi hija, al hacerme mayor querría saber qué ocurrió. Y si mi hija piensa como yo, tal vez un día consiga las actas procesales y lea que existían «sospechas inquietantes» sobre su padre. Y yo no quiero que eso ocurra. Esa idea me obsesiona. ¿Lo entiende?

–¿Le molesta si salimos? Quiero fumar.

Él asintió, cogió su bolsa con un movimiento que me pareció desmañado y salimos.

–Comprendo su angustia –dije, después de encender el cigarrillo–. Pero se le pasará. Su hija crecerá con usted, y verá como esa idea suya de que, cuando ella sea adulta, quiera buscar las actas de aquel proceso es una obsesión que carece de fundamento.

En realidad, yo no estaba tan convencida de lo que estaba diciendo. Puede que Rossi tuviera razón. Si yo fuera aquella niña, de mayor probablemente también querría hacer justo lo que él temía. Pero, como es lógico, eso no podía decírselo.

–Su abogado tiene razón. Siga adelante. No le digo que intente olvidar, pero el tiempo cura muchas cosas.

–¿Ni siquiera va a leer las actas?

–Adiós, señor Rossi –dije, mientras aplastaba la colilla con el tacón de la bota–. Lo siento, pero, por desgracia, yo no soy la solución a su problema.

3

Cuando Rossi dobló la esquina de la calle Lentasio y desapareció, me apoyé en la pared y encendí otro cigarrillo. Me fumé al menos la mitad antes de ponerme a pensar. Tenía la sensación de haberme comportado de un modo equivocado, pero no sabía cuál era el modo correcto.

Como me suele ocurrir, sentí crecer la rabia dentro de mí.

La psiquiatra decía que, para afrontar mis problemas y, en particular, la rabia descontrolada, tenía que aprender a poner nombre a los sentimientos y las emociones.

–Mire, Penelope –me había dicho una vez–, uno de los pasos más importantes para superar el malestar o incluso la enfermedad mental es construirse un vocabulario preciso que describa las propias sensaciones interiores. Si uno dice indistintamente «feliz» y «entusiasta», o bien «triste» e «infeliz»; si afirma «estoy enfadado» cuando, en realidad, está triste, o bien «estoy triste» cuando está muy enfadado, entonces nunca podrá eludir la influencia oculta de esas emociones y de esos sentimientos que no sabe reconocer. Y viceversa, poner nombre a las emociones negativas reduce el poder que tienen sobre nosotros. El psicofármaco más potente es un buen vocabulario.

De todos los discursos que me soltó la doctora en los meses que acudí a su consulta, ese es el que se me ha quedado más grabado. Otros me parecieron simples especulaciones abstractas que nada tenían que ver conmigo, cosas que ella me transmitía siguiendo un esquema automático, una rutina mecánica. En cualquier caso, todos avanzamos a tientas.

Aun así, desde que la psicóloga me dijo aquello, yo lo intento. Y a veces hasta me parece que lo consigo; pero luego, después de haber puesto nombre –o haber intentado ponérselo– a algunas emociones o sensaciones, contemplo el espacio que ocupan todas las demás y me entra vértigo. Pienso que no lo lograré, pierdo el equilibrio y me encuentro en el dédalo que es mi mente confusa, donde los ruidos llegan amortiguados, pero las secuencias son inaprensibles.

Cuando terminé de fumar, la rabia ya se había aplacado. Tenía que llamar a Zanardi. Lo primero que debía preguntarle era por qué se le había ocurrido mandarme a aquel tipo. Luego le pediría que me contara la historia desde su punto de vista, solo para convencerme de lo que ya sabía: la idea de encargarme de una investigación por homicidio era, simplemente, una estupidez.

Zanardi era un veterano reportero de crónica negra. Y como todos los reporteros de crónica negra –o, mejor dicho, como todos los buenos reporteros de crónica negra–, era un híbrido entre periodista y poli, y se caracterizaba por poseer el cinismo de ambas profesiones. Había sido un tipo atractivo. Ahora, sin embargo, lucía ojeras profundas y oscuras, y tenía siempre los ojos enrojecidos de tantos cigarrillos, tantas copas y tantas noches sin dormir. Transmitía una sensación intencionada de dejadez, algo así como una voluntad de abandonarse porque lo mejor, decididamente, ya había pasado.

Era el único que siempre me había defendido, incluso cuando todos se habían empeñado en practicar el tiro al blanco con la diana perfecta en que yo me había convertido. No olvido las injusticias –no, desde luego que no–, pero tampoco las deudas de gratitud. Y con él tenía una bastante grande.

Respondió después de dos tonos.

–Penelope Spada. Me preguntaba cuándo ibas a llamarme.

–¿Dónde estás?

–Yo también me alegro de hablar contigo.

–Un chiste muy original, felicidades. ¿Dónde estás?

–Acabo de llegar a la redacción. Qué raro en un periodista, ¿no? ¿Has visto a Mario Rossi?

–Lo he visto. Tú y yo tenemos que hablar. Me acerco a tu zona y comemos juntos.

–¿Quién paga?

–Tú. ¿A la una te va bien?

–A la una no me da tiempo.

–Pues a la una y media. Vamos al sitio de siempre. Y reserva, que a esas horas están todos tus colegas.

Consulté la hora en el teléfono. Era mediodía y desde donde yo estaba, o sea, a tiro de piedra del tribunal, hasta la redacción del *Corriere* se tardaba una media hora. Por tanto, me sobraba una hora. Como siempre, la idea de un tiempo no ocupado en algo –daba igual si ese algo era insignificante– me provocó cierto grado de ansiedad. Lo ideal hubiera sido entrar en otro bar y beber para matar, de un solo tiro, el tiempo y el ansia. Conseguí reprimir el impulso y me sentí infantilmente orgullosa de mí misma. Hacía un día precioso, así que decidí dar un paseo por el centro y ver escaparates.

Llegué, de todos modos, con antelación. Entré en el restaurante, le pregunté al camarero por una reserva a nombre de Zanardi y me acompañó hasta una mesita ya puesta para dos. Al atravesar el local, que estaba prácticamente lleno, vi a varias personas conocidas, la mayoría periodistas, pero también un par de abogados. Algunos me saludaron con un gesto, otros desviaron la mirada y otros esbozaron una media sonrisa. ¿Cómo decía aquella antigua canción? *«Non so se ancora desto in loro, se m'incontrano per forza, la curiosità o il timore».** O algo así.

–¿Le traigo agua, señora? ¿Mineral o con gas?

–Agua con gas y una botella de *sauvignon*, el que sea. Elija usted, me conformo con que esté frío.

Zanardi llegó bastante puntual. Ya me había tomado un par de copas.

–Gracias por esperarme.

–De nada. Siéntate, si es que no prefieres otro sitio.

Pedimos ensalada griega los dos.

–¿Desde cuándo comes sano? –pregunté–. ¿Qué te ha pasado?

No me respondió. Se sirvió una copa de vino, se bebió la mitad y suspiró de alivio.

–No deberíamos beber a la hora de comer –dijo.

–Tienes razón –respondí, después de apurar mi copa y llenarla de nuevo.

---

* «No sé si aún despierto en ellos, cuando no pueden evitar el encuentro, curiosidad o temor» (*N. de la T.*).

–Bueno. Y Mario Rossi ¿qué? –me preguntó.

–Nos hemos visto esta mañana.

–¿En tu oficina?

–Sí.

–¿Qué te ha parecido?

–Dímelo tú.

–¿Que yo te diga qué te ha parecido a ti?

–¿Quieres explicarme cómo se te ha ocurrido mandármelo con esa historia? ¿Te has vuelto loco?

–¿Por qué?

–Porque es una estupidez. ¿Cómo puedes pensar que un privado, sin medios ni nada, y en mi caso hasta sin licencia, va a aceptar un encargo así?

–Tú no eres un privado.

–No digas chorradas.

–Hicieron una investigación de pena. No solo no descubrieron nada, sino que encima difamaron al pobre chaval.

–Me encanta el uso extensivo que haces del término «chaval». El tipo tendrá como cincuenta años.

–Los cincuenta son los nuevos treinta. Lo leí en no sé qué revista femenina. ¿Por qué no echas un vistazo a las actas procesales?

–Ni se me ha pasado por la cabeza.

–Venga ya, Penny, no puedes vivir así. ¿Por qué no sales de ese torpor tuyo? Lo pasado, pasado está...

–¿Qué sabes tú de mi torpor?

Zanardi alzó ambas manos.

—Vale, perdona, no he dicho nada.

Llegaron nuestros platos y, durante un rato, comimos en silencio.

—La cuestión es que me desmoraliza ver cómo vives. ¿Qué haces? ¿Cómo sales adelante? ¿Investigando peloteras familiares por cuatro duros?

—Tengo dos pisos. Vivo en uno y el otro lo alquilo. Y esas peloteras familiares, como tú las llamas, son las que terminan con mujeres asesinadas —respondí—. Así, por darte un pequeño detalle sin importancia.

—Vale, vale. Ya lo sé. Ayudas a mujeres con problemas graves. Pero tú tienes un talento que merece ser explotado y, para eso, tienes que dejar de pensar en lo que pasó. Y de autocompadecerte, sin tener siquiera el valor de admitirlo. Es que... ¡Joder!

—Estás muy guapo cuando te enfadas.

Bebió un trago de vino, se le fue por el otro lado y tosió un par de veces.

—Claro, será por eso por lo que Ludovica me ha dejado.

—¿Qué dices? ¿Cuándo? ¿Por qué?

—Hace unas semanas. No llevo la cuenta.

—Pero ¿por qué?

—Era solo cuestión de tiempo. Lo único que me siento capaz de decir, ahora que lo veo desde otra perspectiva, es que ha tardado demasiado en decidirse. Si esto fuera una película y Ludovica y yo los protagonistas..., bueno, me convertiría en su fan número uno.

–Pero ¿te has ido de casa?

–No. Lógicamente, ella me ha dado una lección de elegancia también en eso. Me soltó un bonito discurso, de esos en los que no sabes ni qué contestar, y luego añadió que, como la casa es mía, era ella la que se iba. Y lo hizo.

–¿Cómo estás?

–Hecho una mierda. A veces la soledad de la casa me resulta insoportable. Pero insisto en que yo mismo me lo he buscado. Al final ha pasado lo que tenía que pasar.

–¿Y adónde ha ido?

–¿Quieres creerte que no me lo ha dicho? «Es mejor cortar por lo sano, después de haber perdido tanto tiempo. No insinúo que sea solo culpa tuya, yo también soy responsable de mi pereza y de mi cobardía. Pero ahora nos conviene evitar una agonía inútil. Así que, por favor, no me preguntes adónde voy ni me busques. Te avisaré cuando pase a recoger mis cosas, y te agradecería que no estuvieras en casa. Quizás algún día podamos ser amigos. Quizás». Esas fueron, más o menos, sus palabras.

–Joder.

–Ya veo que la historia te inspira reflexiones profundas y fluidas.

–Es justo lo que quiero decir: joder. Bravo por ella.

Perdona, ya sé que no debería decirlo ahora y mucho menos a ti, pero bravo por ella. Hay que tener pelotas para hacer algo así. Yo nunca he sido capaz. O conseguía que me dejaran, o huía como una ladrona. Perdona la pregunta indiscreta, pero... ¿está con otro?

–No lo sé. Lo he pensado, me lo he preguntado, he analizado los últimos meses, pero no he sabido darme una respuesta. No me sorprendería que no hubiese nadie más. Parecía demasiado lúcida, demasiado fría. Pero no lo sé.

Guardamos silencio durante un rato.

–Lee los documentos de la investigación, por favor –retomó el tema–. Y luego, si quieres, dile que no. Pero léelos.

–Sabes que lo que haces no está bien, ¿verdad?

–¿En qué sentido?

–¿Cómo te digo que no ahora, después de lo que me acabas de contar?

–Exacto. No puedes. Rossi no mató a su mujer. No es justo que esa sombra penda sobre él y, por cierto, tampoco es justo que el asesino siga libre.

–¿Por qué estás tan seguro de que no fue él?

–Y por cierto, perdona que me repita, pero si has querido que nos veamos es porque esperas que te convenza para que aceptes, aunque no estés dispuesta a admitirlo.

Intenté pensar en una respuesta ocurrente, pero no la encontré.

–Cuéntame qué piensas de toda la historia: cómo trabajaron, quién se ocupó, todo...

–El fiscal de guardia era un tipo nuevo. Había llegado a la fiscalía poco antes de los hechos, puede que incluso fuera su primera guardia en Milán.

–¿Cómo es?

–No sabría decirte. Simpático no, eso está claro. Y poco dado a hablar con la prensa libre.

–O sea, que no te pasaba información bajo mano.

–Siempre has tenido una forma un tanto brusca de exponer los conceptos. Pero sí. Dejando a un lado el caso Baldi, no parece que colabore mucho, ni conmigo ni con otros colegas. Aunque también es verdad que, aparte de ese homicidio, no ha llevado casos precisamente sonados.

–¿Quién se ocupaba en la judicial?

–El jefe de homicidios; se llama Acciani.

–No me acuerdo de él.

–Llegó después.

–¿Y cómo es?

Zanardi se encogió de hombros.

–Parece bastante normal. Aunque no tiene pinta de ser un tipo muy intuitivo ni tampoco de matarse trabajando.

–Háblame de la investigación.

Zanardi resumió la investigación, que, con toda probabilidad, conocía mejor que la policía y la fiscalía.

Era evidente que a la mujer no la habían matado en el mismo lugar en que la habían hallado. Las manchas hipostáticas indicaban que había permanecido varias horas en otro sitio, en una postura distinta. Era casi seguro que la habían transportado en coche y la habían dejado allí.

–El marido me ha dicho que no se encontraron ni el móvil ni el monedero, ni tampoco joyas.

–Es cierto. El asesino o asesinos quisieron fingir un robo, pero no se lo tragó nadie. ¿Le disparas a alguien en la cabeza para robarle? ¿Y luego, con toda la calma del mundo, le quitas las joyas, que además tampoco es que tuvieran mucho valor, según reconoció el marido, el monedero y el móvil, y encima corres el riesgo absurdo de trasladarla hasta Rozzano?

–¿Qué apareció en el registro de llamadas del móvil?

–La última llamada fue con una clienta. La policía la interrogó, como a todos los demás. Tenían que verse al día siguiente para una sesión de entrenamiento en casa de esa mujer. Después nada, solo tráfico de datos, lo que probablemente significa mensajes de WhatsApp. Pero, como muy bien sabes, esos mensajes son irrecuperables si no se localiza el teléfono. Citaron a declarar a todas las personas con las que la víctima había hablado durante los seis meses anteriores a los hechos, pero no descubrieron nada.

Me habló de las verificaciones de la policía científica y de los resultados de la autopsia. Lo único interesante era que, en la ropa de la víctima, se habían encontrado pelos de un perro blanco. Ninguno de sus clientes tenía un perro blanco, ni tampoco ninguna de las personas que –según constaba– habían estado en contacto con ella el día del homicidio, e incluso los días previos.

–¿El perro del hombre que descubrió el cadáver?

–Era un pastor belga. Negro.

Por tanto, era posible que el asesino tuviera un perro blanco. O tal vez la mujer se hubiera acercado a acariciar algún perro blanco, en cuyo caso los pelos no tendrían nada que ver con lo sucedido.

–¿Por qué se centró la investigación en el marido? –pregunté–. ¿Había indicios concretos o fue solo por falta de alternativas?

Zanardi suspiró.

–Descartada la idea del robo, y en ausencia de otras hipótesis, es natural que uno piense en el marido, sobre todo teniendo en cuenta el hecho de que la relación entre ambos estaba deteriorada, y la culpa la tenía ella.

–¿Por qué lo dices?

Zanardi soltó una risita. Me quedó claro lo que estaba a punto de decir y me puse nerviosa por adelantado.

–Digamos que ella era un poco alegre.

–¿Te refieres a que tenía aventuras?

–Se intuía. Al parecer, habían tenido discusiones

violentas y, en una ocasión, algunos vecinos oyeron que él le gritaba que si seguía así, iba a matarla. Rossi sostiene que solo fue una frase producto de la exasperación, y yo me lo creo.

—¿Se consideró la hipótesis de que fuera un maníaco o algo así?

—Cuando dices «algo así», ¿te refieres a un asesino en serie? No contemplaron tal posibilidad o, por lo menos, no en serio, y seguramente con razón. Yo mismo investigué un poco: no se conocen asesinatos parecidos ni antes ni después. Y no me refiero solo a la zona. Si fue un asesino en serie, entonces le gusta cambiar de método. En fin, qué te voy a contar yo: en su inmensa mayoría, los asesinatos los comete alguien conocido, por no decir alguien muy próximo a la víctima. El marido era la hipótesis más sencilla.

—¿Y tú qué opinas?

—Que no fue él.

—¿Por qué?

—En primer lugar: no hay nada en su contra, excepto la ausencia de hipótesis alternativas, la situación familiar de conflicto y alguna que otra palabra desafortunada en la escalera del edificio. En segundo lugar, y si las sensaciones cuentan, hemos hablado muchas veces y nunca he tenido la impresión de que pudiese ser culpable. Y, finalmente, siempre queda una pregunta: ¿por qué me buscó, por qué quiso hablar conmigo una y otra vez? En todas esas ocasiones capté en él una angustia sincera. Y cuanto más intentaba dominarse, cuanto más intentaba conservar una actitud racional, más sincera me parecía esa angustia.

Pensé en Mario Rossi, en su léxico preciso, distante y casi aséptico. Podía significar una cosa, pero también la contraria.

–Dejémoslo en que, si fue él, es un actor formidable –añadió Zanardi.

–Los sociópatas son actores formidables. Los mejores.

–¿A ti te ha parecido un sociópata?

–No, pero ningún sociópata parece un sociópata en el primer encuentro. Es su principal característica, y por eso tan peligrosos. Me refería a que, si a ti te dio esa impresión de sinceridad, pero al final resulta que es el asesino, entonces podría tratarse de un sociópata.

–A veces me cuesta seguirte.

–A mí también me cuesta seguirme a veces. En fin, dejando a un lado a los sociópatas y considerando que tu sensación está fundada, ¿cuál es tu hipótesis, si es que la tienes?

–¿Vamos a fumar un cigarrillo?

Vaciamos la botella y salimos con las copas.

–La verdad es que una botella entera de vino a la hora de comer no es precisamente lo que aconsejan las guías de alimentación saludable –dijo, mientras me acercaba el encendedor.

—No empieces tú también —repliqué, después de dejar la copa en el techo solar de un coche y encender el cigarrillo.

—Si eso, vamos juntos a las reuniones de Alcohólicos Anónimos.

—Claro, cuando quieras. Ahora dime: si no fue Mario Rossi, ¿quién crees tú que podría ser el asesino?

—En las actas procesales no hay nada que sugiera una hipótesis concreta. Pero, por eliminación, imagino un crimen relacionado con motivos pasionales.

—O sea, ¿un amante?

—Un amante o alguna mujer que descubrió que Giuliana era la amante de su marido.

—¿Y por qué esa hipótesis?

—Por eliminación, ya te lo he dicho. No se me ocurre ninguna otra alternativa.

—Bueno, cargarte a alguien solo porque se ha tirado a tu marido... —empecé a decir, pero dejé la frase en el aire.

Era algo que me había sucedido unas cuantas veces. En algún caso, la historia había salido a la luz y hasta se había dado alguna reacción violenta. ¿Cómo era aquella célebre respuesta de Peggy Guggenheim? Un periodista le había preguntado: «¿Cuántos maridos ha tenido, señora?». A lo que ella contestó: «¿Se refiere a míos o de otras mujeres?».

—Quién sabe... —respondió Zanardi—. Lo que sucede

en la cabeza de alguien en una situación como esa es incomprensible. Para mí, al menos.

–Si mantenía una relación, tendrá que haber algo en el registro telefónico. Has dicho que no se halló nada relevante.

–Así es. Pero tal vez se comunicaran por WhatsApp o alguna otra aplicación parecida.

–Y no se encontraron otros clientes.

–No. Los buscaron, pero no los encontraron. Eso no significa que no existan.

–Me estás proporcionando un punto de partida estupendo para una nueva investigación, ¿eh?

–Lee los documentos. Estoy seguro de que a ti se te ocurrirá algo.

–Seguro. Aparte del jefe de homicidios, ¿sabes quién trabajó en el caso? Me refiero a los inspectores veteranos.

–¿Te acuerdas de Barbagallo?

–¿Mano de Piedra?

–El mismo.

–Pero ¿no lo habían echado de la judicial?

–Lo echaron, pero luego volvió. Le resolvió un problema personal a alguien importante y, a cambio, pidió volver a la judicial.

–¿Alguien importante? ¿Un político?

Zanardi asintió.

–El hijo se había metido en líos con las personas

equivocadas y Mano de Piedra arregló las cosas a su manera.

–Bueno, ahora me tengo que ir. Gracias por la comida.

–¿Llamarás a Rossi?

–Puede.

–Si descubres algo, ¿me prometes que seré el primero en saberlo?

–Vale.

–No sé por qué, pero no me pareces muy convincente.

–Ese es tu problema, Zanardi, que no confías en el prójimo. Ah, por cierto, dame el número de Barbagallo. Lo tenía hace años, pero aquella agenda desapareció, al igual que otras muchas cosas.

4

Llegué al parque con chándal gris y el pelo recogido. A regañadientes, hice veinte minutos de carrera suave. El calentamiento, una obligación preliminar que siempre me ha aburrido. Todas las fases preliminares me aburren; todo lo que requiera paciencia, saber esperar y respetar los tiempos establecidos. Nunca he sabido esperar y la paciencia jamás ha sido una de mis virtudes, lo cual, probablemente, sea uno de los motivos por los que pasó lo que pasó.

Terminé la carrera en la explanada que ocupan los aparatos: paralelas para las flexiones, barras para las dominadas, anillas...

Solo había hombres entrenando. Las chicas no van mucho por esa zona: en parte, porque se trata de ejerci-

cios que las mujeres por lo general no hacen y, en parte
también, porque llegar a esa explanada a ciertas horas
significa ser observada como una presa o un objeto extravagante, y en el mejor de los casos, con sonrisitas de suficiencia, por los hombres que la ocupan con aire marcial.

Mientras notaba los ojos de todos aquellos tipos clavados en mi piel, recordé una frase que había leído
en algún lado: los hombres buscan chicas buenas que
sean malas solo con ellos, y las mujeres buscan chicos malos que sean buenos solo con ellas. A mí los
chicos malos, esos que van de duros, siempre me han
parecido aburridos y patéticos.

De forma inconsciente, toqué el calcetín lleno de
canicas. Si se sabe usarlo, puede ser un arma de defensa personal formidable. Un híbrido entre una porra
y la honda que usó David para derrotar a Goliat. El
que recibe el golpe no sabe ni de dónde ha venido.
Como aquel imbécil que intentó robarme justo aquí,
en los jardines Montanelli. «Dame todo lo que llevas en
los bolsillos o te mato, puta». Qué poco original, la verdad. Obedecí y le di lo que llevaba en los bolsillos. En
toda la cabeza. Dos veces, para ser exactos: una en la
sien derecha y otra en la izquierda. Cayó como un saco
de patatas. Tuve que controlar el impulso de darle una
patada en toda la cara antes de irme.

Algunos de aquellos chicos tenían un cuerpo realmente atractivo. Los que se entrenan al aire libre tie-

nen los músculos tonificados y ágiles, no hinchados como los de los culturistas. Son, los primeros, músculos que dan la impresión de servir para algo.

Me acerqué a una barra de dominadas y esperé a que uno de los chicos terminase su serie. Aunque fingían seguir entrenando, todos tenían la mirada clavada en mí. «Una mujer que intenta hacer dominadas. Qué te juegas a que no consigue hacer ni una».

De todos los ejercicios de fuerza física –en realidad, y aunque mucha gente no se dé cuenta, la fuerza física es una habilidad–, levantar el cuerpo con los brazos es el que más me gusta. Siempre ha sido así, desde que era niña y trepaba a los árboles. Creo que mi morboso sentido del peligro nació precisamente en las ramas de aquellos árboles, en lo más alto, donde ni siquiera los chicos más ágiles se atrevían a subir. Cada vez que me aferraba a una rama en el último segundo, cada vez que estaba a punto de caer, aprendía la lección equivocada: me creía infalible e invulnerable. Y ese es el motivo –o uno de los motivos– de que después, en otros árboles menos materiales pero más peligrosos, metiera escandalosamente la pata muchas veces.

Mi abuela decía que las cosas más absurdas las hacen las personas más inteligentes. Las personas muy inteligentes cometen errores catastróficos no «a pesar de» su inteligencia, sino precisamente «debido a» su inteligencia.

Si tienes mucho talento en un campo específico, por ejemplo, si eres muy rápida resolviendo problemas matemáticos, tiendes a pensar que esa velocidad sirve para todo. Tiendes a emitir juicios inmediatos y definitivos, a no captar la complejidad de las situaciones.

Crees que, como hasta ese momento te ha ido bien, te seguirá yendo bien siempre. Pierdes –en el caso de que alguna vez la hayas tenido– la visión de las distintas posibilidades. El hecho de que, debido a pequeños detalles que escapan a tu control, las cosas podrían ir de otra manera. Que tarde o temprano irán de otra manera. Si una de aquellas veces que pasaste casi volando de una rama a otra la madera hubiera cedido bajo el peso de tu cuerpo, todo habría cambiado de golpe. Todo, tal vez, habría terminado. Es lo que sucede en la vida adulta. Siempre ha ido todo bien, pese a las acciones imprudentes, hasta que tropiezas con algo.

Cuando te comportas siempre de forma temeraria, no contemplas la posibilidad del error y, menos todavía, la posibilidad de la catástrofe. Es como un juego de azar, una manera de eludir la insoportable sensación de que no tenemos el control de nuestra vida.

«Vale, ya es suficiente», me dije.

Di un saltito, me colgué, me agarré bien, respiré hondo y empecé.

Diez dominadas; luego diez flexiones de brazos; luego veinte flexiones con las piernas juntas, con impulso y salto. Pausa para descansar, mientras aquellos tipos seguían mirándome, aunque ya sin sonrisitas de suficiencia. Pasado un minuto, repetí el circuito una segunda vez. Y luego una tercera.

Me pregunté si alguno de ellos se atrevería a intentar ligar conmigo. De haber sido así, lo habría considerado una forma de acoso, pero nadie me dirigió la palabra y, como es perfectamente lógico, eso me fastidió.

De camino a casa decidí parar a hacer la compra: esa noche no me apetecía en absoluto cenar fuera, ni sola ni –menos aún– acompañada. Ya había ignorado un par de mensajes del tipo de la noche anterior –¿por qué le había dado mi número?– y recé para que no fuera muy obstinado.

Entré en mi supermercado favorito, que, además de tener una amplia sección de productos étnicos, está muy cerca de mi casa. Salí media hora más tarde con cuatro bolsas repletas de toda clase de alimentos biológicos y sanos, pero también con dos botellas de vino blanco, dos de vino tinto y una de *bourbon* Kentucky. La que tenía en casa estaba casi vacía.

De vez en cuando pensaba en lo absurdas que eran mis costumbres alimentarias y mi así llamado «estilo de vida» en general. Cuidaba muchísimo lo que comía y lo que compraba: alimentos biológicos; nada de carne; harinas integrales; sí a las bayas de goji y similares; frutos secos, verduras y todo tipo de alimentos crudos; pescado azul o, como mucho, pez limón (el atún contiene metales pesados y el salmón, antibióticos); nada de fritos; nada de grasas animales; nada de harinas blancas, etc. En resumen, una alimentación perfectamente saludable. Pero luego me fumaba casi un paquete entero de Lucky Strike al día, por no hablar del alcohol. Distintas caras de la misma incapacidad de encontrar un equilibrio, signifique eso lo que signifique.

En el supermercado me había cruzado con una pareja que discutía, al parecer por un tema de dinero. Me los volví a encontrar después en la caja y seguían discutiendo, con miradas que reflejaban cansancio, tristeza y rencor.

Llegué a casa, me duché y preparé la cena. De lo más sana, claro: pez limón vuelta y vuelta, coles de Bruselas, un par de rebanadas de pan integral y frutos del bosque con una bola de helado de soja. Para compensar el exceso de disciplina alimentaria de la cena, abrí una botella de vino y me bebí más de la mitad. Luego me serví dos dedos de *bourbon* con mucho hielo, pero me prometí a mí misma beberlo muy despacio. Evité prometerme que no me serviría otro.

Era aún muy temprano y tenía que pasar el tiempo de alguna manera antes de irme a la cama. Vaya frase más tonta: el tiempo pasa la mar de bien él solito, sin necesidad de nuestra ayuda. Aun así, vi un par de episo-

dios de *Black Mirror* y luego me ocupé de Valentina, mi
magnolia bonsái. Me gustaba podarla y hablarle, aunque de vez en cuando me preguntaba si no sería mejor
decidirme a adoptar un perrito. Hablar con un perrito
es menos extravagante que hablar con una planta.

Finalmente me fui a la cama e intenté leer un poco,
pero se me cerraban los ojos del sueño y no entendía ni
una palabra. Así que apagué la luz para dormir y, como
era de esperar, me desvelé. Me quedé tumbada en la
oscuridad, con la cara mirando al techo, y pensé en los
sucesos del día, en Mario Rossi, en lo que debería hacer
y en lo que no.

Una idea pésima: si existía alguna posibilidad de
quedarme dormida, se esfumó.

En mi interior se desencadenó un acalorado debate.
Una parte de mí decía que podía leer aquellas actas sin
comprometerme a nada, sin crearme vanas ilusiones.
Solo un vistazo, para ver si, por casualidad, descubría
algún cabo suelto en la investigación, alguna idea que
no se les hubiera ocurrido ni a los polis ni a la fiscalía.
Pero otra parte de mí decía que lo dejara: la persona
que era cuando me ocupaba de esas cosas había desaparecido para siempre, aquella existencia había desaparecido para siempre; tratar de devolverlas a la vida no
era más que una veleidad triste y patética. A este pensamiento siguieron otras divagaciones, otras recrimi-
naciones, más angustia y más rabia.

Cuando la cosa empezó a resultarme insoportable, me acordé de las Erinias, que conducían a las personas a la locura subiendo el volumen de sus monólogos interiores. Y entonces el ansiolítico –preferiría no tomar tantos, la verdad– se volvió inevitable. Me lo tragué con medio vaso de agua y, para mayor seguridad, lo rematé con un poco de *bourbon*.

Un cuarto de hora más tarde, quizá menos, me hundí en un sueño plúmbeo del que no recordaría nada.

5

Sé perfectamente que siempre soñamos, aunque luego no nos acordemos. Pero ¿se puede decir que algo existe si nadie lo percibe ni lo recuerda? Sobre todo si no es un objeto, sino tan solo una fugaz representación de la mente que duerme. No lo sé, tengo mis dudas.

Aun así, me desperté descansada y con la idea –que no encajaba en absoluto con la vorágine de la noche anterior– de tener un plan.

Desayuné yogur, avena, miel y nueces. Luego me serví un café americano, encendí un cigarrillo y, sin pararme mucho a pensar, llamé a Barbagallo al número que me había dado Zanardi.

–¿Quién es?

–Penelope Spada.

En el otro lado, fuera donde fuera, se produjo una larga pausa.

–Jefa... –Su tono de voz había cambiado.

–Ha pasado tiempo, sí. ¿Cómo estás?

–Un poco mayor. Pero bien, en conjunto estoy bien.

–¿Sigues entrenando?

–Sigo entrenando, pero cada día me cuesta un poco más. Hay chavales que pegan con ganas, son rapidísimos y no tienen respeto. Además, he engordado unos cuantos kilos. ¿Y usted cómo está?

–Yo también me hago mayor, pero, por lo general, estoy bien.

Esperó unos segundos.

–Dígame, ¿qué puedo hacer por usted?

–¿Te apetece tomar un café? Quiero comentarte un asunto.

–Cuando quiera.

–¿Estás ocupado esta mañana?

–Tengo que testificar. Un cabrón rumano al que detuve por robo, cuando estaba en la comisaría de Cinisello Balsamo. Sabe que he vuelto a la judicial, ¿no?

–Lo sé. Han hecho bien en cogerte otra vez.

–¿La llamo en cuanto termine y me dice dónde quedamos?

–Ya voy yo hacia allí. Si terminas pronto, nos vamos a tomar un café a algún lado y, si no, hablamos mientras esperas a que empiece tu juicio.

Barbagallo vaciló un instante antes de responder.

–¿Seguro que quiere ir allí?

Hice una mueca que no vio nadie. No, no estaba segura de querer ir al Palacio de Justicia. No había vuelto nunca. Pero se me había escapado la frase. Como de costumbre, había hablado –o actuado– sin pensar y, también como de costumbre, no era capaz de rectificar. Nunca he sido lo bastante valiente como para dar espacio a mis miedos. Y, precisamente por eso, me llevan ventaja.

Contesté que sí, que estaba segura, que no pasaba nada. Quedamos en vernos a las diez delante de la sala del tribunal donde Barbagallo estaba citado como testigo.

De mi casa al Palacio de Justicia había algo menos de un cuarto de hora. Llegué hasta allí tratando de concentrarme en los pasos, primero uno y luego otro, para no pensar.

Y eso me dije, «no pienses», mientras me dirigía a la entrada destinada al público, esperando no toparme en el control con ningún *carabiniere* conocido.

Después de enseñar el carné de conducir, pasé por el detector de metales y me encontré en el vestíbulo. Fue en ese momento cuando me entró el vértigo: durante un segundo, un velo negro me cubrió los ojos y me impidió ver todo lo que me rodeaba.

Respiré hondo. «No pierdas el control, por favor». Respiré hondo otra vez. Y otra.

«No pierdas el control, por favor».

La cacofonía de aquel hormiguero que era el vestíbulo se atenuó y conseguí enfocar de nuevo las imágenes. Lo primero que hice, tras recuperar un mínimo de control, fue echar un vistazo a mi alrededor para ver si alguien se había dado cuenta de algo, si alguien me había reconocido. Pero nadie me miraba, nadie daba muestras de haber visto nada. Todo el mundo se movía con rapidez o, mejor dicho, con prisas, sin reparar los unos en los otros. Como piezas de un complejo mecanismo que, aparentemente, carecía de sentido.

Cuando dejaron de temblarme las piernas, eché a andar de nuevo, primero con circunspección y luego casi con normalidad. Enseguida me hallé siguiendo el mismo itinerario que había recorrido infinidad de veces, en mi otra vida. Tenía los ojos clavados al frente para evitar cualquier mirada, cualquier posibilidad de que alguien me saludase o, peor aún, quisiera pararse a hablar conmigo.

Barbagallo ya estaba allí, esperándome. Se me acercó con una sonrisa amplia, casi pueril, sorprendente en aquel rostro que, por lo general, daba miedo. Lo cruzaba una larga cicatriz: un botellazo durante una detención que había terminado mal.

–¿Puedo abrazarla, jefa?

Me entraron ganas de llorar. Tras un instante de vacilación por ambas partes, nos abrazamos. Noté sus hombros y sus brazos musculosos, el olor a cuero de su chaqueta y el leve perfume de su loción de afeitado. Uno de los pocos hombres que aún no se habían pasado a las cremas hidratantes.

–Antes de nada tenemos que hacer una cosa, Rocco –le advertí cuando nos separamos–. Digamos que las cosas han cambiado un poco desde la última vez que nos vimos, así que, por favor, no me trates de usted. Ya antes era discutible que yo te tratase de tú y tú a mí de usted cuando éramos fiscal y poli, respectivamente. Pero ahora tú sigues siendo poli y yo no soy nada, así que...

Barbagallo me interrumpió con una expresión muy seria.

–Jefa, usted puede pedirme lo que quiera. Ya se lo dije una vez, hace muchos años, y no ha cambiado nada. Si hace falta, yo me lanzo a las llamas por usted; pero eso no me lo pida porque, para mí, siempre será la de antes, da igual lo que haya pasado. Soy un soldado y así es como entiendo yo las cosas. Por tanto, seguiré tratándola de usted y usted a mí de tú. Y ahora dejemos el tema, que quisiera relajarme y no verme obligado a hablar tanto, pues, como sabe, nunca ha sido mi fuerte.

En ese momento salió de la sala el alguacil y anunció la causa en la que debía testificar Barbagallo. El juicio se aplazó por un defecto de notificación, así que diez minutos más tarde ya estábamos fuera del Palacio de Justicia.

–Vamos a tomar un café a algún sitio. ¿Te parece que nos alejemos un poco para evitar los bares llenos de abogados?

–Podemos ir al bar de un amigo mío. Allí podremos sentarnos y hablar en paz –propuso él.

Llegamos al bar, que estaba cerca del Policlínico, nos sentamos y pedimos dos cafés.

–Filippo Zanardi me ha contado que trabajaste en la investigación del homicidio de Giuliana Baldi. ¿Te acuerdas del caso?

–Claro, me parece que se archivó. No pudimos determinar nada.

–El marido me ha pedido que lea la documentación del caso porque necesita consejo.

Contarle que, en realidad, no le había prometido nada a Rossi y que solo intentaba averiguar cómo proceder me pareció complicado e inútil.

–¿Ahora se ocupa usted de investigaciones privadas, jefa?

–Dicho así, suena muy oficial. Digamos que, de vez en cuando, alguien me pide una opinión... O me piden que descubra si algún crío se ha metido en líos. Ahora tengo mucho tiempo libre, así que, cuando puedo y me apetece, lo hago. La causa contra Rossi se archivó y, por tanto, no te pido que violes ningún secreto de sumario. Solo quiero saber tu opinión sobre la investigación, sobre la fiscalía, sobre todo. Antes de leer la documentación, quiero saber si vale la pena. Si tiene sentido.

Barbagallo no hizo preguntas. No me pidió que me explicase mejor, ni hizo comentarios sobre lo extraño de mi petición. No me resulta fácil expresar lo mucho que se lo agradecí.

—Del fiscal no puedo decirle gran cosa. Me parece uno de esos tipos que pasan bastante de todo, que lo único que quieren es que no les den la lata. Pero nos dejó trabajar. Cuando solicitábamos alguna orden, nos decía que se la lleváramos por escrito y lo firmaba todo. Se limitaba a echar un vistazo y firmar, sin cambiar ni una palabra. Nada que ver con usted; más bien todo lo contrario.

—¿Y tu jefe? Acciani se llama, ¿no? ¿Cómo es?

—No es un poli. Es de esos que quieren llegar a juez y, al no conseguirlo, se conforman con las oposiciones para la policía. Piensa como juez. Y no lo digo como una ofensa. Es buen tío, pero no creo que haya hablado con un confidente en su vida.

—Dime qué piensas de la investigación. Qué piensas del marido.

Mano de Piedra se rascó la cabeza e hizo una mueca como si estuviera intentando concentrarse y buscar las palabras adecuadas.

—Estábamos bastante seguros de que había sido él.

—¿Por qué?

–No había ninguna otra hipótesis seria. Ningún contacto telefónico aquella tarde, ninguna relación reciente con otros hombres, ninguna implicación en asuntos turbios, como drogas y cosas por el estilo, ninguna sospecha de nada. La relación con el marido era difícil, ella quería separarse, habían tenido alguna discusión violenta. Una vez él le había gritado que la iba a matar, o algo así. Una mujer que vive en el edificio contó que había escuchado un ruido muy fuerte en los días anteriores al hallazgo del cadáver.

–¿Te refieres a un disparo?

–Podría ser, pero no lo sé. Fui yo quien habló con la señora. Es muy mayor. No me pareció que chocheara, pero tampoco que estuviera del todo lúcida. Repitió un par de veces la historia esa del ruido fuerte. «Una explosión», insistía. Le pregunté qué clase de explosión, pero no supo explicarlo. «¿Como un petardo? –le pregunté–. ¿Un estallido?». Respondió que sí.

Era la típica pregunta que influye al testigo y que, de forma a menudo involuntaria, sugiere la respuesta deseada. Barbagallo lo sabía, se notaba por la forma en que me lo estaba contando.

–Y esa explosión, ¿procedía del piso de Rossi?

–No supo decirlo.

–¿Cuándo la oyó?

–Tampoco lo sabía exactamente. Unos días antes, declaró.

–Las discusiones violentas, ¿se produjeron en la época del asesinato? ¿Cuánto tiempo antes?

–No, no era algo reciente.

–¿Y Rossi? ¿Lo interrogaron? ¿Hablaste con él?

Rocco negó con la cabeza.

–No creo que llegáramos a interrogarlo. Yo hablé con él, pero poco, cuando fuimos a hacer el registro.

–¿Qué impresión te dio?

–Estaba tranquilo. Puede que demasiado, pero no lo sé. A lo mejor había tomado algún fármaco.

–Has dicho que estabais bastante seguros de que era culpable. Y, sin embargo, no encontrasteis nada.

Mano de Piedra se aclaró la voz.

–Así es. No encontramos nada. Nada sobre los teléfonos, nada sobre las torres de telefonía. Nada sobre Rozzano. Eso no significa gran cosa, es cierto. Si fue él, pudo simplemente haber dejado el teléfono en casa cuando fue a deshacerse del cuerpo... Sabe que el cuerpo apareció a las afueras de Rozzano, ¿no?

–Sí.

–Pero no la mataron allí.

–Lo sé.

Barbagallo se pasó la mano por la cicatriz que le cruzaba la mejilla izquierda.

–Así que Rossi le ha pedido que lea la documentación. ¿Qué es exactamente lo que quiere?

–Dice que quiere que descubra al asesino, que quiere

limpiar su nombre. Parece que el auto de archivo no es muy agradable, que habla de «sospechas inquietantes» y cosas así. –Hice una pausa–. Si de verdad es inocente, no le falta razón. Por otro lado, si fuese culpable, ¿por qué alborotar el avispero? Han archivado tu causa y, sí, puede que haya alguna frase desagradable; pero, si eres el culpable, ¿qué más te da?

–¿Qué va a hacer usted?

–Echaré un vistazo a los documentos y luego decidiré qué hacer. Pero dime una cosa: ¿intentasteis verificar si existía algún posible indicio criminal? Tal vez fuera de verdad un robo que acabó mal o algo así...

–Si la mataron para robarle, yo me meto a bombero. Era una puesta en escena clarísima. A esa mujer no la mataron donde la encontramos. ¿Qué ladrón callejero mata a su víctima de un tiro en la cabeza y luego se toma la molestia, por no hablar del riesgo que corre, de meterla en un coche y abandonarla en la periferia? No. Si robas a alguien en la calle y la cosa acaba mal, huyes lo más rápido posible. En mi opinión, a esa mujer la mataron en un sitio que habría conducido de inmediato al asesino. Un piso, un almacén, un patio privado. Y, por eso, quien la mató se tomó el trabajo, corriendo un riesgo nada despreciable, de trasladar el cadáver y dejarlo donde lo hallamos. La mató alguien que la conocía. Y le voy a decir otra cosa, jefa.

–¿Qué?

–Tal vez no estuviera solo. La víctima no era precisamente pequeña y ligera. Era una deportista, como usted. Cargar con un cadáver no es fácil si estás solo.

–¿Y si la mataron en aquella zona?

–¿Y qué hacía ella en Rozzano?

–No lo sé. Puede que estuviera implicada en algún asunto del que no sabemos nada.

Mano de Piedra me miró con aire escéptico. Guardamos silencio un rato.

–Tienes que hacerme un favor.

–Lo que sea.

–Quiero que finjas creer en la posibilidad de que el homicidio guardase alguna relación con el mundo de la delincuencia, de que la mujer estuviera implicada en algún asunto ilegal. –Barbagallo intentó replicar, pero se lo impedí con un gesto de la mano–. Espera. Quiero que finjas creerlo y que hagas correr el rumor entre tus confidentes. Quiero que les preguntes si saben algo sobre eso, si alguien conocía a la mujer o a algún conocido suyo. Y a los confidentes en los que más confíes, pídeles que hagan alguna pregunta por ahí.

–No averiguaremos nada, jefa. No tiene nada que ver con el crimen organizado.

–Es probable. Pero hazlo igualmente: no averiguaremos nada y yo me quitaré de la cabeza esa idea tan extravagante.

Barbagallo suspiró.

–De acuerdo. Hablaré con unas cuantas personas y haré correr la voz. La vuelvo a llamar dentro de unos días.

Salimos del bar.

–Te lo agradezco mucho –dije–. Sobre todo porque estás convencido de que la idea no tiene sentido. Lo cual, probablemente, sea cierto.

Hizo una mueca extraña, como si quisiera añadir algo y no encontrara las palabras.

–Le hicieron una marranada, jefa. Una auténtica marranada. Pagó por todos y eso no es justo. Me alegro de haber tenido la ocasión de decírselo.

–Pagué porque metí la pata a lo grande unas cuantas veces, Rocco. No hay mucho más que añadir.

6

Mario Rossi respondió al cabo de tan solo dos tonos.

—Soy Spada.

—Sí, guardé su número en los contactos.

—Cuando tenga diez minutos, me gustaría hablar con usted en persona. En el bar donde nos vimos la otra vez, o donde usted prefiera.

—El bar me parece bien.

—¿Cuándo podemos quedar?

—Tengo una visita con un cliente, pero puedo estar allí dentro de una hora.

—Traiga la memoria USB con las actas.

—Sí, hasta ahora. Gracias.

El segundo encuentro con Rossi se pareció bastante al primero y, a la vez, fue muy distinto. El esquema fue

GIANRICO CAROFIGLIO

el mismo: yo ya estaba en el bar de Diego; él entró, se me plantó delante, me tendió la mano torpemente y se sentó. Sin embargo, daba la sensación de que habían transcurrido semanas, y no solo un día, desde la primera vez que nos habíamos visto.

Sabía muy bien que, al haber decidido ocuparme del tema, también estaba mucho más dispuesta a considerar su inocencia y a observarlo todo, incluido a él, a la luz de esa decisión. Y también sabía perfectamente que debía desconfiar de este proceder mío porque el deseo de legitimar nuestras elecciones reduce el espíritu crítico y la capacidad de ver las cosas con lucidez.

Pero conocer bien nuestra forma de proceder no suele servir de mucho. Seguiremos funcionando del mismo modo y, en el mejor de los casos, lo único que podremos hacer es analizarlo.

—Zanardi ha insistido en que echase un vistazo a la documentación de su caso. Parece convencido de su inocencia.

Rossi se mostró algo incómodo, como quien recibe un cumplido que le gusta, pero que no cree merecer. O no del todo, al menos. Me costaba descifrar a aquel hombre.

—Ayer me dijo que quiere que se investigue de nuevo la muerte de su esposa, sobre todo para eliminar la sombra que empaña su nombre.

—Sí, especialmente por mi hija.

–¿Qué más quiere?

–Quiero que se encuentre al responsable, lógicamente. Y quiero conocer la verdad sobre la vida de mi esposa y, por tanto, sobre la mía –añadió, tras unos instantes y un largo suspiro–. Quiero saber si, cuando murió, tenía un amante y si ese amante, si esa historia, tiene algo que ver con su muerte. Sé que había tenido aventuras e incluso relaciones: era una mujer inquieta, y yo no soy tonto. Soy mediocre, como pensaba Giuliana, pero no tonto. Desde el principio, algo en mi cabeza me advertía de que no era buena idea elegirla a ella como compañera de vida, pero... ¿acaso alguien escucha los consejos, ya sean propios o de otros?

«No, nadie escucha los consejos, tiene razón».

–Yo no, desde luego. Le entiendo.

–Ella tenía tendencia a forzar los límites, era una mujer insatisfecha. Con la vida que había tenido y con la vida que sabía que le deparaba el futuro. Odiaba la mediocridad: lo decía y lo daba a entender. Sé que sentía mucha rabia hacia mí.

–¿Por qué?

–Porque yo era el principal símbolo de su fracaso. O, en otras palabras, de lo que ella consideraba su fracaso. No tener la vida que deseaba. Despreciaba mi trabajo.

–¿A qué se dedica usted?

–Tengo una pequeña agencia inmobiliaria.

–Disculpe, le he interrumpido. Siga.

–Giuliana siempre me echaba en cara que yo no tenía ambiciones. No soportaba el hecho de que, para cualquier gasto que se saliera de la administración familiar ordinaria, tuviésemos que hacer números y ver si nos lo podíamos permitir o no.

«Administración familiar ordinaria». De nuevo aquel modo distante y burocrático de expresarse. Ahora me inclinaba más a considerarlo un intento de poner en perspectiva recuerdos y sensaciones dolorosas, de alejarlos de sí mismo y recluirlos en un rincón de la memoria. Tal vez siempre se hubiera expresado de ese modo. Una frialdad natural, una incapacidad de asomarse al corazón de las cosas y los sentimientos. Tal vez fuera eso lo que Giuliana despreciaba y no el trabajo de su esposo, ni sus ingresos. No el tipo de vida que él le daba.

–Giuliana no era una mujer fácil y creo que se casó conmigo por despecho –prosiguió Rossi–. Salía de una historia turbia, no llevaba bien el paso de los años. Ya sabe, la historia esa del reloj biológico. De hecho, quiso tener hijos enseguida. Me eligió a mí porque le resultaba cómodo. Puede que yo me diera cuenta enseguida, pero me negué a aceptarlo durante mucho tiempo. ¿Quién quiere aceptar algo así?

Tampoco ahora le faltaba razón.

–¿Tenían discusiones?

–Las teníamos, sí.

–¿Violentas? ¿Con golpes?

No apartó la mirada.

–Alguna vez.

–¿Quiere decir que pegaba usted a su mujer?

–No le pegaba. O sea, sí, bueno, una vez le di una bofetada y otra un puñetazo. Pero no en la cara; en la espalda.

–Es decir, ¿le pegaba?

–Lo que quiero decir es que, en ambos casos, fue un arranque. Perdí el control, pero no le pegué en el sentido..., ¿cómo lo explico? Me refiero a que no le seguí pegando.

Suspiró, en un gesto de frustración y tristeza. Esperé a que encontrase las palabras para continuar.

–No estoy intentando justificarme. Sé perfectamente que es un error sucumbir a la violencia, aunque solo sea una bofetada. Me equivoqué, sí; pero para comprenderlo, que no justificarlo, hay que conocer el contexto.

–Entonces, hábleme del contexto.

–Giuliana tenía una forma muy peculiar y eficaz de provocar. Me llevaba a la exasperación y, cuando yo perdía la calma, me soltaba la mar de tranquila que yo no era capaz de discutir sin enfadarme. Era culpa mía, no suya. Siempre. Desde entonces, he pensado mucho en eso. Creo que era su forma de ejercer poder sobre los demás, tal vez un modo de esconder su fragilidad. Le aseguro que podía llegar a resultar insoportable. Pocas cosas hay en el mundo que le hagan perder a uno tanto los nervios, cuando está enfadado, como decirle que se tranquilice.

Conocía el método, el patrón. Había hecho lo mismo muchas veces, exactamente de la misma forma, siguiendo los mismos pasos. Me sentí casi incómoda, como si Rossi estuviera hablando de mí.

—De hecho, ahora me siento culpable... Por contarle todo esto, quiero decir. En los últimos tiempos, sin embargo, las cosas entre nosotros habían mejorado. Ella parecía... —Fue la primera vez que dio muestras de estar a punto de derrumbarse—. Parecía más dulce.

Puede que esa no sea la palabra más adecuada, pero tenía unos detalles... No sé cómo explicarlo. A veces era amable.

Inspiró por la nariz. Dejé pasar unos instantes.

—Los dos episodios, la bofetada y el puñetazo, ¿a cuándo se remontan?

—Ocurrieron hace bastante tiempo. Más de un año antes de su desaparición. Como le he dicho, en la última época la situación estaba más tranquila.

—También me ha comentado que, cuando se conocieron, ella acababa de salir de una historia turbia. ¿Con quién?

—La policía también me lo preguntó. Pero él murió ya hace unos años, poco después de nuestra boda.

Respiré hondo, tratando de poner en orden mis ideas.

–Quiero aclararle unas cuantas cosas antes de seguir adelante. Una ya se la dije ayer, pero prefiero repetirla para evitar equívocos: que una investigación de homicidio se vuelva más difícil de forma directamente proporcional al tiempo transcurrido desde los hechos no es habitual, aunque sea eso lo que nos vendan las series de tres al cuarto. Y eso vale para la policía, el cuerpo de *carabinieri* y la fiscalía, con todos los medios de los que disponen. Con más motivo, pues, si se trata de una investigación privada. En el mundo real, no conozco ningún caso de homicidio que se haya resuelto gracias a una investigación privada. ¿Me sigue?

–Sí, la sigo.

–Hecha esta premisa, pasamos a una cuestión más importante aún si cabe. Imaginemos lo imposible, esto es, que yo tenga un golpe de suerte y descubra algo. Por mucho que se diera el caso, sería de todos modos muy improbable que yo consiguiera encontrar indicios de hechos concretos que pudieran resultar útiles a la fiscalía para abrir una nueva causa.

Lo miré a los ojos. Me estaba escuchando con atención, pero era difícil saber qué pensaba.

–Me refiero a que podrían salir a la luz indicios sobre alguien, pero sin consecuencias en la práctica. Y, por ello, me gustaría plantearle una pregunta: ¿qué haría si yo le dijese: «Seguramente ha sido fulanito por tal o cual motivo, pero ninguno de los indicios hallados permite arrestarlo o condenarlo»?

–¿Cree que quiero tomarme la justicia por mi mano?

–Dígamelo usted.

–No lo sé. No lo he pensado. No sería capaz. Creo que iría a la fiscalía a pedir que se reabriera la investigación.

–Me refería precisamente al caso de que eso no fuera posible.

Rossi suspiró.

–Quiero que se detenga y condene al culpable, claro; pero, para mí, lo primero es poder dar respuesta a mi hija cuando me pregunte qué le ocurrió a su madre.

Pronunció las últimas palabras con la voz casi rota y, por un momento, me dio pena.

–¿Cómo se llama su hija?

–Sofia.

–No tengo licencia de investigadora privada. No tengo ningún cargo oficial que me permita llevar a cabo investigaciones de ningún tipo y, huelga decirlo, no podré hacerle una factura ni darle ningún informe por escrito. Mi trabajo es del todo irregular. Si descubro algo, tendrá que contentarse con lo que le diga de palabra. Todo lo demás será problema suyo.

–No necesito informes escritos ni facturas. Solo quiero que lo intente.

No había mucho más que añadir. Me aclaré la voz.

−Echaré un vistazo a las actas y veré si existe algún resquicio en la investigación. Me llevará unos cuantos días. Cabe la posibilidad de que tenga que ir a su casa en algún momento.

Su rostro adoptó una expresión de profundo alivio.

−Ha sido usted muy clara, gracias. −Vaciló un instante−. Llevo encima dos mil euros. ¿Es suficiente como anticipo?

¿Era suficiente como anticipo? No lo sabía. Tal vez era demasiado solo por leer las actas procesales, que, con toda probabilidad, era lo único que yo podía hacer. Le contesté que era suficiente porque no sabía qué otra cosa decir.

Me entregó un sobre con el dinero y la memoria USB con las actas. Me lo guardé todo en el bolsillo de la chaqueta y, como si estuviéramos de verdad en una oficina, lo acompañé a la puerta.

−¿Puedo preguntarle algo, señora Spada? −dijo, después de que nos estrecháramos la mano.

−Adelante.

−¿Por qué ha cambiado de idea y ha decidido aceptar?

−No lo sé. Pero, desde el punto de vista práctico, no tiene mucha importancia.

Y era cierto, no lo sabía. O no quería saberlo.

Pero, desde el punto de vista práctico, no tenía mucha importancia.

7

Tenía intención de dedicar la tarde y la noche a examinar las actas. La idea me produjo una especie de euforia, una mezcla de nostalgia y alegría que, aunque parezca una estupidez, intenté reprimir. Se me dan muy bien las estupideces. Reprimir las sensaciones de alegría e incluso de satisfacción es una de mis especialidades.

Fui a un restaurante tailandés porque me habían entrado ganas de comer sopa *tom yam*.

Cuando me dirigía a casa, cambié de acera al ver a un abogado con el que había salido unas cuantas semanas en mi vida anterior. Un tiempo que se me había hecho eterno, teniendo en cuenta al tipo en cuestión. Su conversación me aburría; el sexo unas veces era soporífero y otras, deprimente. Ignoro si me vio y captó mi maniobra para evitarlo. Lo que sí sé es que ni siquiera recordaba su nombre.

En casa me preparé un café americano, le eché un chorrito de *bourbon*, inserté la memoria USB en el ordenador, me encendí un cigarrillo y me puse manos a la obra.

La investigación, a simple vista, no había sido un mal trabajo. Parecían haberse hecho todas las comprobaciones rutinarias en este tipo de casos, pero, de todos modos, me obligué a leer atentamente las actas de principio a fin. Cuando era fiscal y tenía que preparar una vista con un expediente que no era mío, utilizaba un método muy diferente. Leía rapidísimo, buscaba la información esencial y confiaba en mi capacidad de improvisar en la vista. Ese método reflejaba mi personalidad y era indispensable para sobrevivir en el mar de expedientes que cada día pasaban por mis manos.

Aquella tarde, sin embargo, tenía que buscar posibles fallos u omisiones en la investigación, si es que los había. Y la rapidez –en realidad, muchas veces se trataba de prisa, que era algo completamente distinto– no era la herramienta adecuada.

Para empezar, leí la solicitud de sobreseimiento y el correspondiente auto: una sola página cada uno. La fiscalía había sido más aséptica y se había limitado a afirmar que la investigación sobre Mario Rossi no había permitido transformar las sospechas iniciales en elementos probatorios, por lo que no se daban los presupuestos necesarios para el ejercicio de la acción penal.

El juez de la investigación preliminar que había recogido la solicitud de sobreseimiento había aportado su granito de arena y había usado aquella expresión –«sospechas inquietantes»– que me había comentado Rossi la primera vez que nos vimos.

Entre la documentación estaban también los registros del móvil de la víctima. Al principio se habían solicitado solo los del mes anterior al homicidio. Al no hallarse nada, se había ampliado la solicitud a los seis meses anteriores. Idéntico resultado. Se había citado a declarar a todas las personas –sobre todo clientes– con las que Giuliana había hablado en aquellos meses.

Los registros telefónicos proporcionan una información muy parcial sobre los contactos y las comunicaciones de una persona: solo las llamadas, la duración de estas y la torre de telefonía a la que estaba conectado el teléfono en el momento de la conversación. Como bien había dicho Zanardi, solo con eso no puede saberse si el titular del teléfono pudo enviar algún tipo de mensaje, ni tampoco si mantuvo conversaciones utilizando alguna aplicación de mensajería instantánea tipo WhatsApp. Para averiguarlo, es necesario disponer materialmente del teléfono, pero el de Giuliana no había aparecido después de su muerte. Puede que el asesino se lo llevara junto a las joyas, bien porque pretendía simular un robo, bien porque temía que el análisis del teléfono pudiese proporcionar información útil para identificarlo.

Justo antes de ir a casa de Rossi para efectuar el registro y la prueba del luminol, la policía había sometido a vigilancia, con carácter urgente, los dos teléfonos del marido. Los habían intervenido durante un mes sin descubrir nada interesante. Habían solicitado los registros telefónicos y habían examinado los aparatos para recuperar conversaciones de WhatsApp y similares. Lo único que habían encontrado eran llamadas breves a su esposa, algún mensaje, alguna conversación esporádica con amigos y muchas comunicaciones de trabajo. Nada de mujeres ni de contactos extraños. Nada de nada. Objetivamente, Mario Rossi no llevaba una vida excitante. Si Giuliana se aburría, tal vez no le faltara razón.

Se habían analizado los correos electrónicos y los perfiles sociales de ambos, pero tampoco allí se había hallado nada relevante. Ella publicaba en Facebook tutoriales para entrenar en casa, alguna foto moderamente sexi y alguna que otra frase cursi sacada de los envoltorios de los bombones Baci Perugina o de algún libro basura de autoayuda. Frases sobre el valor, la vida o la felicidad, en plan «Ofrécele a cada día la posibilidad de ser el más bonito de tu vida», «Vive cada día como si fuera el último» o, peor aún, «Sé valiente y con-

viértete en la persona que quieres ser». Pensé entonces en la frase más exacta que había leído jamás sobre
el concepto de felicidad. Era de Prévert –¿o de Proust,
tal vez?– y decía más o menos así: «He reconocido la
felicidad por el ruido que ha hecho al marcharse». Me
pregunté a mí misma si esta frase era igual de cursi
que las otras, solo que, quizá, más acorde con mi carácter. No respondí a la pregunta. No lo hago casi nunca.

Él también estaba en Facebook, pero lo usaba poquísimo.

Entre las varias decenas de declaraciones escritas
que se adjuntaban al informe de la policía judicial, se
incluían también las de algunas amigas de la víctima.
La policía quería comprobar si Giuliana les había con-
fesado una posible relación con otro hombre en las semanas o meses previos al homicidio. Después de algunas reticencias, dos de ellas habían admitido que,
según confidencias de la propia víctima, en el pasado
Giuliana había tenido varias relaciones, todas de corta
duración. Desde hacía bastante tiempo, sin embargo,
no hablaba de nuevos encuentros, lo cual coincidía con
lo que había contado el marido: que en la última época
parecía distinta.

Dos mujeres que vivían en el mismo edificio que la
pareja habían hablado de discusiones entre Rossi y su
esposa, en una de las cuales él le había gritado que, si
seguía así, la mataría; pero eso había ocurrido mucho

tiempo atrás. Mientras leía esas declaraciones me detuve unos minutos y traté de imaginar a Mario Rossi –un hombre en apariencia tranquilo y mesurado– presa de una rabia tan terrible como para llevarlo al punto de formular amenazas de muerte.

Luego estaba el testimonio del que ya me había hablado Rocco, el de la vecina que había escuchado un fuerte ruido que podía ser un disparo. La señora en cuestión tenía ochenta y seis años y, eso, lógicamente, no era un elemento favorable. Enseguida pensé que no debía dejarme influir por el hecho de que Rossi fuera, al fin y al cabo, mi cliente: no debía dar por sentado que él no tuviera nada que ver con los hechos.

En resumen, que las declaraciones que contenían algo vagamente útil para una investigación eran esas tres. Las demás consistían tan solo en el relato de una vida ordinaria y carente de vaivenes o claroscuros: un poco triste, gris, marcada por veleidades banales y oscuramente iluminada por el trágico acto final.

Según la autopsia, después de la muerte la víctima había permanecido en decúbito prono, pero, cuando la encontraron, se hallaba en posición decúbito supino. El proyectil extraído del cráneo era un Wadcutter del calibre 38. «Qué raro –pensé–, las balas Wadcutter se usan sobre todo para practicar con dianas y siluetas. No están blindadas y tienen una escasa capacidad de penetración».

Se habían encontrado microfibras, quizá de un sofá de Alcantara, y los pelos blancos de los que me había hablado Zanardi. Los exámenes toxicológicos no habían arrojado resultado alguno. En el momento de la muerte habían transcurrido bastantes horas desde la última comida. Le habían disparado una sola bala –o, por lo menos, solo una bala había dado en el blanco– por la espalda, con una trayectoria levemente inclinada de abajo hacia arriba. El disparo se había efectuado desde unos metros de distancia.

Se dispara de ese modo, por la espalda, en las ejecuciones: si eres un asesino en serie, te acercas a la víctima por la espalda, disparas y te vas..., si es que eres capaz de hacerlo. Una hipótesis que tiene sentido cuando se habla de delitos perpetrados en el mundo del crimen organizado. Pero... ¿en este caso?

¿Y la hipótesis de un maníaco? Como el que actuaba en Liguria a finales de los noventa. ¿Cómo se llamaba? Bilancia, eso es. Donato Bilancia. Verifiqué que aún seguía vivo y en la cárcel. Había asesinado a varias prostitutas con un método similar. ¿Era posible que alguien estuviese actuando del mismo modo? ¿Matar y punto, sin mutilar, sin agredir sexualmente? Por el simple placer de hacerlo, un disparo y adiós. ¿Un asesino en serie? Pero el asesino en serie existe si hay una serie, es decir, si existen episodios similares antes o después.

Empecé a buscar en internet casos de homicidios

en serie cometidos con un disparo en la cabeza, y por la espalda. Encontré un tipo que utilizaba ese mismo *modus operandi*: había actuado allá por el año 2000, pero lo habían arrestado y había muerto en la cárcel en 2004. Luego estaba otro, un tipo del Alto Adigio, que se dedicaba a matar italianos y desvariar sobre la Gran Alemania, pero se había suicidado cuando la policía estaba a punto de detenerlo.

A continuación, busqué simplemente casos de mujeres asesinadas con ese método. Me salieron varios ocurridos en los últimos años, pero todas las investigaciones habían conducido a la identificación del asesino: maridos, novios o compañeros sentimentales que, o bien se habían suicidado inmediatamente después del crimen, o bien habían sido identificados y condenados. Me fijé en que todos los asesinatos se habían producido entre Emilia, Lombardía y Véneto, pero el dato no resultaba muy útil en vista de que todos los autores de los hechos habían muerto o estaban en la cárcel.

Solo había uno que pudiera estar relacionado. Un tipo había asesinado en Bolonia a una joven prostituta rumana, precisamente de un disparo en la nuca. Había sucedido pocos meses después del homicidio de Giuliana Baldi. En un plano totalmente teórico, podría tratarse del mismo autor: método similar, distancia en el tiempo compatible con la elaboración de un patrón que podía considerarse ritual, etc.

Dediqué bastante tiempo a leer los informes del asesinato de Bolonia, solo para convencerme de que no existía relación alguna entre ambos crímenes. No podía existir relación alguna. El asesino de Bolonia era, desde hacía tiempo, cliente habitual de la joven asesinada, que se prostituía ya hacía muchos años. Como es habitual en personalidades perturbadas o solitarias (o, con más frecuencia, perturbadas y solitarias), el asesino se había acabado enamorando de la mujer. A veces iba a buscarla y le pagaba solo para charlar con ella. En un momento determinado se le había declarado y le había pedido que iniciaran una relación sentimental seria. Al negarse la chica, él había perdido la cabeza. Primero había empezado a acosarla –le pinchaba las ruedas del coche, la seguía y la amenazaba– y luego, en vista de que todo eso no servía de nada, había cogido una pistola y la había asesinado. De un disparo en la nuca, precisamente.

Desde el punto de vista material, los dos sucesos se parecían bastante, pero toda similitud terminaba ahí. En el caso de Bolonia, se trataba de una relación entre prostituta y cliente que duraba siete años y que se había transformado en un enamoramiento no correspondido, primero, y en una manía persecutoria, después. El homicida vivía en Bolonia, donde tenía una oficina: parecía bastante inverosímil que meses antes hubiera viajado hasta Milán para cometer un homicidio al azar.

Después de unas cuantas horas de investigación, reflexiones, café y cigarrillos, llegué a la conclusión –que más o menos encajaba con lo que había pensado desde el principio– de que la hipótesis del asesino en serie carecía de consistencia. Obviamente, siempre podía tratarse del debut de algún enfermo mental que se hubiera descompensado: tal vez había cometido un homicidio al azar y, antes de poder intentarlo de nuevo, había sufrido un accidente, o había tenido una enfermedad, o lo habían arrestado. Si esas eran las circunstancias, la resolución del caso sería virtualmente imposible. Las investigaciones de homicidio (pero también las de otros muchos delitos) se basan sobre todo en las relaciones pretéritas: amistad y odio; amor y odio; confluencia de intereses y odio. Si falta todo eso, es difícil descubrir algo, a menos que se tenga un golpe de suerte.

Me escocían los ojos y me escocía también la garganta de tanto fumar cuando, por fin, decidí que, por ese día, ya era suficiente.

8

Al día siguiente me levanté temprano para ir a donar sangre: cada uno se reconcilia con sus sentimientos de culpa como puede o como sabe. Y una de mis formas es precisamente esta: durante un rato, me siento mejor persona de lo que soy en realidad.

Llegué al Policlínico, cogí mi tarjeta, esperé unos veinte minutos, entregué cuatrocientos cincuenta mililitros de buena sangre –hasta ahora, nadie se ha quejado de una anómala presencia de alcohol– y obtuve a cambio un café, un zumo de fruta y un bizcocho de yogur. Al salir del banco de sangre, fui a tomar otro café, me fumé un cigarrillo y llamé a Rossi.

–Necesito ir a su casa, como ya le había comentado.

–Cuando quiera.

–¿Le va bien esta tarde?

–Sí, claro. A las cuatro y media voy a recoger a la niña al colegio. Hace jornada intensiva. Digamos que, a partir de las cinco, cuando quiera. Pero si quiere venir antes...

–A las cinco me va perfecto.

Me dio el nombre de una calle que no había oído nunca, en las inmediaciones de la línea roja del metro, parada Turro.

–¿Cerca del Zelig? –le pregunté.

–A pocos minutos del Zelig, sí.

–¿Su mujer se movía en coche o utilizaba el transporte público?

Se quedó perplejo unos instantes. Seguramente pensó en preguntarme el motivo de aquella pregunta. Si lo hubiese hecho, no habría sabido qué responder.

–Casi siempre en metro.

–Nos vemos a las cinco.

Por lo general, habría ido en moto, pero decidí coger el metro. Porque Giuliana –mentalmente había empezado a llamarla por su nombre– solía usar el metro. Comportarse como hacía la víctima de un homicidio no tiene, aparentemente, mucho sentido, pero a veces favorece la concentración y puede sugerir alguna idea, algo que ayude a comprender lo ocurrido. Cuando eso pasa –a mí solo en dos ocasiones–, tienes la impresión de que una fuerza superior te está ayudando en tu trabajo. Pero jamás diría algo así por ahí, porque la gente –y con toda razón– pensaría que me falta un tornillo.

Cogí la línea amarilla en Crocetta, a dos pasos de casa; hice transbordo en Duomo y subí a la línea roja, que me llevó directamente a Turro. Durante el viaje no noté ninguna vibración particular ni tampoco tuve ninguna intuición genial sobre el caso, aunque me esforcé mucho por pensar en la Giuliana que todos los días viajaba en aquella línea de metro cuando volvía a casa del trabajo.

Al salir de la estación me encontré en una zona de Milán que nunca había frecuentado de día. Muchos años atrás solía pasar por allí para ir al Zelig. Y durante unas semanas con bastante frecuencia, además, porque salía con un chico que estaba probando fortuna con los monólogos. No le fue bien –la verdad es que no hacía reír– y, desde entonces, no había vuelto a saber nada más de él.

La calle y el edificio de Rossi eran más bien anónimos. «Envueltos en un aura de tristeza», me dije.

El piso, sin embargo, era completamente normal. Un lugar de una serenidad banal. Al entrar pensé que no parecía el hogar de quien había vivido una tragedia.

Estaba todo limpio y ordenado, aunque no de una forma obsesiva. Ningún objeto fuera de su sitio, nada de polvo en los muebles ni en los pocos libros del comedor. Hasta las ventanas estaban impolutas, como si alguien las acabara de limpiar. Cuando entro en una casa, el orden y la limpieza –o, con más frecuencia, el desorden y la escasa higiene– son las primeras cosas en las que me fijo para saber con quién me enfrento. El estado de las ventanas es la prueba definitiva. Cuando están limpias, lo cual es realmente raro, significa que allí vive alguien que se preocupa de ello, por los motivos que sean. Ya sé que lo que digo es una chorrada sexista, pero, de no haber sabido nada de las personas que vivían en aquella casa, hubiera concluido que era una mujer quien la cuidaba. Se percibía un esfuerzo de disciplina y cierto sentido de identificación que parecían decir: «La persona que vive en esta casa la cuida». Cada uno encuentra su propio método, su propia estrategia para no desmoronarse. La estrategia del señor Rossi –o quizás solo una parte de ella– consistía en tenerlo todo limpio y ordenado.

–¿Le apetece un café? –me preguntó.

–Sí, gracias.

–¿Le molesta que vayamos a la cocina? Así no la dejo sola mientras tanto.

–¿Dónde está la niña?

–En su habitación, luego se la presento.

La cocina era como el resto de la casa. Moderna, de calidad media, limpia, sin cubiertos ni platos sucios en el fregadero.

–He leído las actas y tengo que hacerle algunas preguntas.

–Claro –dijo mientras preparaba una cafetera.

–Una mujer afirmó haber escuchado una fuerte explosión en los días previos a la desaparición de su esposa.

–Lo sé, lo leí. No tengo ni idea de a qué se refería. En esta casa no ha habido explosiones. Al menos, no mientras yo estaba aquí. Tampoco me consta que en aquella época hubiera obras ruidosas en la calle. De todos modos, la señora Minetti, que así se llama, no tiene la cabeza muy fina desde hace ya unos años.

–Cuénteme con más detalle lo de las amenazas que dirigió usted a su esposa, las que mencionaron los vecinos del edificio.

Soltó un suspiró de frustración y empezó a hablar.

–Ya le comenté que Giuliana podía resultar muy exasperante, que ese era su modo de ejercer poder sobre los demás. Me disgusta decir esas cosas de ella, a estas alturas, pero así era la situación en verdad. Una vez se mostró especialmente despectiva. No recuerdo qué dijo, pero al momento abrió la puerta y se marchó. Pocas cosas pueden hacer que uno pierda tanto los nervios como esa clase de comportamiento. Te provocan y luego te niegan la posibilidad de reaccionar. Abrí la puerta, la seguí por la escalera y me puse a gritar: «¡Como sigas así, juro que te mato!». Una frase estúpida, pero había perdido el control.

Sirvió el café en las tazas. Me fijé en que no había ninguna máquina de café expreso en aquella cocina y me pregunté si aquello tendría algún significado. Rossi me ofreció azúcar, pero yo lo tomaba sin, al igual que él.

–¿Qué estudió usted?

La pregunta pareció sorprenderlo.

–Me licencié en Filología, pero nunca he usado mi título. Cuando aún estaba en la universidad, empecé a trabajar en el sector inmobiliario y ahí me quedé. De niño quería ser periodista, pero, después de licenciarme, me di cuenta de que aquello era solo una veleidad, de que mis alternativas reales eran vender casas o sacarme unas oposiciones para dar clase en secundaria. Y elegí vender casas. –Vaciló un instante y luego añadió–: ¿Por qué me ha hecho esa pregunta?

–No lo sé. Hago un montón de preguntas cuyos motivos no conozco ni siquiera yo.

No era del todo cierto. Lo que había despertado mi curiosidad, desde el primer momento, era la precisión lingüística de Rossi, su cuidada selección del vocabulario. Pero eso no hacía falta que se lo dijera.

En aquel momento, alguien llamó a la puerta.

–Debe de ser la canguro. Tiene que llevar a mi hija a natación –anunció, mientras se dirigía a la puerta para abrir.

Minutos más tarde entró de nuevo en la cocina seguido de la niña, ya vestida y lista para marcharse. Era guapa, morena, con unas pestañas largas y perfectamente dibujadas. Tan perfectas que parecían postizas. No tenía las facciones de su padre.

Él hizo las presentaciones.

–Esta señora es Penelope y esta niña que ahora se va a nadar se llama Sofia.

Le tendí la mano a la niña y, tras un segundo de vacilación y una mirada dirigida a su padre, ella me ofreció la suya.

–¿Nadas bien, Sofia?

–Sí, sé nadar crol, braza y espalda. ¿Eres la novia de papá?

–No, cariño. Soy amiga de tu papá.

–Pero ¿eres actriz? Te he visto en la tele.

–No, a lo mejor has visto a alguien que se me parece.

–¿Y de qué trabajas?

–Soy prestidigitadora.

–Prestigia...

–Como una especie de maga.

–¿Eso quiere decir que sabes hacer magia?

–Quiere decir que, sobre todo, sé hacer que los demás hagan magia. Descubro los poderes mágicos de las personas.

Sofia me observó con una mirada entre curiosa y desconfiada.

–Por ejemplo, me parece que tú tienes poderes mágicos.

–¿Qué poderes?

–Vamos a descubrirlo juntas. Fíjate en mis manos.

La niña las observó, muy atenta.

–¿Tengo algo en las manos?

–No –respondió.

–Muy bien. Ahora las cierro, tú las tocas y haces aparecer un caramelo, ¿vale?

Acto seguido cerré las manos y se las acerqué, una junto a la otra, con el dorso hacia arriba.

–Dame una palmada en las manos.

La niña lo hizo y, cuando abrí la mano derecha, en la palma había un caramelo de fruta.

–Cógelo, es para ti. Lo has hecho aparecer tú –dije.

–¿Puedo hacerlo yo sola? –preguntó con una expresión risueña, mezcla de sorpresa y curiosidad.

–Tan rápido no, necesitas un poco de práctica. Ahora vas a natación, ¿verdad?

–Sí.

–Cuando empezaste a aprender a nadar también tenías una profesora, ¿a que sí?

–Un profesor.

–Vale. Pero el profesor te sigue enseñando, ¿verdad? Él siempre está en la piscina cuando vas.

–Sí.

–Pues la magia es lo mismo. No puedes hacerlo enseguida tú sola. Tienes que aprender poco a poco. Pero ahora ya sabes que eres maga, aunque tengas que aprender a usar tus poderes.

–¿Como Harry Potter?

–Como él, sí. No exactamente lo mismo, pero parecido. ¿Ya has leído *Harry Potter*?

–He visto las películas. Papá me ha regalado un libro, pero tengo que aprender a leer mejor.

–Muy bien.

–¿Cuándo lo hacemos otra vez? ¿Puedes ser tú la profesora de magia?

–Ya veremos, cariño. Pero, de momento, me parece que aquí hay... –Mientras lo decía, acerqué la mano a una oreja de la niña y la retiré con otro caramelo–. Mira, ¿lo ves? Salen de ti. Tenías uno aquí, al lado de la oreja.

Le di el caramelo y nos quedamos unos momentos la una delante de la otra.

–¿Sabes que ya no tengo mamá?

–Sí, cariño.

–Está en el cielo.

–Lo sé.

–Si me convierto en una maga muy muy buena, ¿también podré ir al cielo a ver a mamá?

–Esa es una magia muy difícil –respondí casi en un susurro–. Muy pocas personas son capaces de hacerla. Hay que practicar durante muchos años.

–Practicaré –aseguró la niña con una determinación que me partió el corazón.

–Muy bien. Pero ahora tienes que ir a practicar a la piscina.

La canguro, que mientras tanto también había entrado en la cocina, cogió a la niña de la mano. Sofia, sin embargo, no se movió: no me quitaba los ojos de encima.

–¿Me das un beso antes de irte?

Asintió con la cabeza. Me incliné hacia ella y me dio un sonoro besito en la mejilla.

–Adiós, maga.

–Adiós, compañera.

–Se le dan bien los niños –dijo Mario Rossi cuando la canguro y la niña se hubieron marchado.

–Es fácil llevarse bien con los niños cuando no se es responsable de ellos. Por lo general, las personas que caen bien a los niños son las mismas que no serían capaces de ocuparse de ellos a diario.

–¿Tiene hijos?

Hice un ruidito con la boca y la nariz. Pretendía ser una carcajada, pero me salió otra cosa, una especie de intento.

–No, no. Pero tengo cierta experiencia con la irresponsabilidad.

Por primera vez, Rossi esbozó una sonrisa.

–Es bastante dura consigo misma.

–Soy bastante dura con todo el mundo –repliqué. Luego, segundos más tarde, añadí–: Y también digo frases bastante banales. A veces creo que mis chistes se los inventa algún escritor mediocre de novela negra.

¿Puedo echar un vistazo a la casa, a las cosas de Giuliana, a la caja fuerte si tienen, a cualquier cosa que se le ocurra?

Dimos una vuelta por el piso. «Tres ambientes, dos cuartos de baño en perfecto estado», habría escrito Rossi en el anuncio de la inmobiliaria si hubiese querido venderlo.

No tenía ninguna expectativa concreta de lo que iba a encontrarme. En el salón había un escritorio. Uno de los cajones contenía objetos de la esposa de Rossi: algún documento caducado, agendas viejas, cargadores de batería y unas cuantas fotos. La niña de pequeña, siempre sola o con su madre; fotos de Giuliana en el gimnasio haciendo el *spagat* o algún otro ejercicio acrobático; ninguna foto de él. Me llamaron la atención unas cuantas fotos viejas y descoloridas. En ellas aparecían cuatro chicas con traje de baño, pañuelo en la cabeza y pareo. Al fondo se veía el mar y, a lo lejos, una isla.

—¿Quiénes son? —pregunté.

—Giuliana y sus amigas de siempre, de la época del instituto. Creo que la foto se hizo en Formentera. Esta es ella —dijo Rossi, mientras señalaba con el dedo a una chica morena.

No era guapa, pero tenía una expresión descarada, alegremente sensual.

—¿Ya la conocía usted cuando se hizo esta foto?

99

–No, no. Nos conocimos muchos años después. Esta foto debe de ser de finales de los noventa.

–Hábleme de las amigas de su mujer. Las de la foto. ¿Seguían viéndose?

–De vez en cuando salía con Aurora, que es la del pañuelo en la cabeza. Creo que a veces hablaba con Valentina, esta rubia de aquí, pero no estoy seguro de que se vieran. En verdad, no lo sé.

–¿Y la tercera?

–No llegué a conocerla y Giuliana nunca me habló de ella. Seguro que me dijo cómo se llamaba, pero ni siquiera me acuerdo. Supongo que perdieron el contacto.

–¿Qué hacen ahora Aurora y Valentina?

–Valentina..., creo que nada. Seguramente encontró un marido rico. Aurora, en cambio, tiene una *boutique*.

–Ha dicho que, de vez en cuando, su esposa y Aurora salían. ¿Solas o con otras personas?

–Salían las dos solas, y puede que de vez en cuando con alguna otra amiga. Digamos que eran noches de chicas. –Hizo una larga pausa. Probablemente, estábamos pensando los dos lo mismo–. Al menos, eso me decía –concluyó, bajando el tono.

–¿Tiene idea de cuándo fue la última vez que se vieron, antes de los hechos?

–No sabría decirlo con exactitud. Meses antes. No era muy habitual.

–He leído la documentación bastante rápido, pero

no me ha parecido que la policía tomara declaración a estas dos amigas. Hablaron con otras, pero no con estas.

—Es verdad, tiene razón. Supongo que no había ninguna llamada entre ellas en los seis meses anteriores a los hechos, porque se tomó declaración a todas las personas con las que habló Giuliana en ese período, es decir, a todas aquellas que aparecían en los registros telefónicos.

—¿Tiene el número de teléfono de Aurora y de Valentina?

—No, pero puedo decirle cómo se llama la *boutique* de Aurora.

Anoté el nombre de la *boutique*. Rossi no sabía la dirección, pero comentó que estaba en la zona del Mudec, un barrio moderno y de moda.

Después de las fotos, eché un vistazo al armario de las medicinas sin encontrar nada interesante. Por último, fuimos al dormitorio, donde aún seguía toda la ropa de Giuliana.

Me había traído una lente de aumento, lo que tal vez me diera un aspecto un tanto ridículo. La idea era averiguar si, por casualidad, había pelos blancos en alguna prenda de ropa. No había una razón ni una expectativa claras detrás de esa idea y, en cualquier caso, no encontré pelos. Para ello, hubiera sido necesario un material del que no disponía.

Miré también en los cajones en los que Giuliana guardaba la bisutería y, por último, abrimos la caja fuerte en la que se custodiaban sus escasas joyas. Eran objetos más bien normales, exceptuando unos pendientes de oro antiguo y un anillo con un brillante de, al menos, un quilate.

—Ese anillo fue mi regalo de compromiso —dijo Rossi, sin que yo le hiciera preguntas.

—¿Sabe qué joyas llevaba su esposa aquella noche?

—No, pero creo que nada de valor.

Antes de marcharme entré en la habitación de la niña y le pedí a Rossi alguna foto reciente de Giuliana. No tenía ninguna en papel —¿quién tiene fotos en papel hoy en día?—, así que me envió dos por correo electrónico desde su ordenador. No tenía fotos de su mujer en el teléfono, pero eso podía significar muchas cosas o ninguna.

En las dos imágenes que me envió salía una mujer que se parecía mucho a la chica de la foto con las amigas: la misma expresión enérgica y un poco descarada. Había, sin embargo, una sombra distinta en sus ojos, algo así como un destello de desconcierto. Me pregunté si al ver —o imaginar— aquel destello no me había dejado influir por mi conocimiento del trágico destino que le aguardaba. No supe darme una respuesta satisfactoria.

—¿Para qué necesita las fotos?

–No lo sé. Probablemente para nada, pero si se presenta la ocasión...

Ya estábamos en la puerta del piso.

–¿Puedo preguntarle una tontería?

–¿Sí?

–¿Cómo es que llevaba esos caramelos, los que ha hecho aparecer para Sofia?

–Me gustan los caramelos de fruta, siempre llevo alguno encima.

Pero era mentira: los había comprado a propósito, convencida de que iba a ver a la niña. Mi absurda necesidad de aprobación adopta las formas más diversas e imprevisibles.

9

Dejé pasar un par de días. Pensaba en lo que sabía de Giuliana –poquísimo– y me preguntaba qué hacer. Revisé de nuevo las actas de la memoria USB que me había dado Rossi. Aurora y Valentina no habían declarado y tampoco figuraban entre los contactos que aparecían en el registro telefónico.

Era extraño, pero eso no quería decir que no hubieran hablado o intercambiado mensajes. Observé varias veces las dos fotos de Giuliana como buscando una respuesta, tal vez solo una hipótesis, en aquella expresión descarada y un poco ausente o, cuando menos, distante. No encontré hipótesis y, menos aún, respuestas.

Al final decidí que lo único que podía hacer, lo único que tenía un mínimo de sentido, era intentar hablar con las dos mujeres. Rossi me había dado el nombre de la *boutique* de Aurora: Cynique. Encontré la dirección en Google –estaba en la calle Stendhal– y me dirigí hacia allí.

El sitio –sin duda, fruto del carísimo trabajo de algún arquitecto– era una especie de epítome del estilo. Los marcos eran de acero corten, el suelo de parqué muy oscuro y las paredes estaban revestidas de una resina industrial de color añil claro. Junto a la entrada había una enorme maceta con amarilis rojos y pensé fugazmente que aquellas flores contenían un alcaloide bastante venenoso. El espacio central de la *boutique* lo ocupaba un mostrador de madera con una larga vitrina que contenía joyas de lo más extravagantes. Las prendas de ropa estaban dispuestas en los dos lados largos de la sala, los zapatos en el suelo y los bolsos colgados de la pared, entre la ropa. Un rincón albergaba una pequeña zona de libros ilustrados.

Se me acercó, la mar de sonriente, una señora muy acorde con el local. Vestía vaqueros, jersey de cachemira con hilos dorados y botines azul petróleo hasta el tobillo. En su rostro –sobre todo pómulos y labios– había trabajado muy probablemente, aunque sin excesos, un buen cirujano plástico. No llevaba joyas como las que se exponían en el mostrador, solo un valioso anillo de oro con una piedra preciosa verde de un buen tamaño, por cierto. Me pregunté si sería una esmeralda auténtica: si lo era, yo no iría en metro con un objeto así a última hora de la tarde.

–¿Es usted la señora Aurora?

–¿Sí? –respondió, con una discreta nota de alarma en la voz.

No tuve la sensación de que se pareciese mucho a la chica de las fotos, aunque a mí nunca se me ha dado muy bien reconocer a las personas a partir de las imágenes. Quienes saben hacerlo siempre me dejan perpleja, a veces estupefacta. Es un talento que no solo no poseo, sino que ni siquiera alcanzo a comprender. En el cuerpo de *carabinieri* había un subteniente –lo conocí poco antes de que se jubilase– famoso por ser capaz de identificar a cualquier persona a partir de una foto antigua de tamaño carné. De joven había trabajado en la división antiterrorista del general Dalla Chiesa y, gracias a ese talento especial que tenía, lo destinaban a las vigilancias e investigaciones más delicadas. Había terroristas huidos de la justicia, ilocalizables, de los cuales no existían fotos recientes. Sin embargo, él observaba una imagen de muchos años atrás, tal vez la foto de un carné de identidad o de conducir, y con eso le bastaba para identificarlos; cuando daban con el fugado, siempre conseguía encajar la imagen descolorida con el rostro real, varios años más viejo y distinto. Un talento casi sobrenatural.

–Buenos días, me llamo Penelope Spada. –Nos estrechamos la mano tras una brevísima vacilación–. Sé que era usted amiga de Giuliana Baldi.

–Ay, señor, Giuliana... Sí, éramos amigas.

Se tapó la boca con la mano. Según los manuales populares de la interpretación del lenguaje corporal, es un gesto que teóricamente indica mentira o, por lo menos, poca inclinación a decir la verdad. En realidad, lo más habitual es que no signifique nada, como la mayoría de los presuntos mensajes del lenguaje corporal. A veces, sin embargo, ese puede ser realmente el significado del gesto.

–El marido de Giuliana me ha contratado para investigar su muerte. El expediente judicial se archivó, pero él me ha pedido que haga algunas comprobaciones adicionales.

En ese momento Aurora pareció sentir curiosidad.

–¿Es usted una especie de investigadora privada?

–Más o menos –respondí, con la esperanza de que no me pidiese una credencial o algo parecido. Por suerte, no lo hizo–. ¿Puede dedicarme usted unos minutos? Si entran clientes, interrumpimos la conversación y la dejo trabajar. De todos modos, no tardaremos mucho.

–No sé en qué puedo ayudarla.

Parecía incómoda, aunque eso tampoco significaba nada. Es frecuente que las personas se sientan incómodas cuando se ven implicadas en una investigación, del tipo que sea. Independientemente del hecho de que, tal vez, tengan algo que ocultar.

—¿Recuerda cuándo fue la última vez que vio a Giuliana?

Aurora reflexionó durante un instante.

—Pocas semanas antes de su muerte, pero no sabría decírselo con exactitud.

—¿Dónde se vieron? ¿Salieron juntas?

—No, nos vimos aquí, en la tienda. Hacía mucho tiempo que no quedábamos para salir.

—¿Había venido a comprar algo? ¿O solo pasaba a saludar?

—Solo a saludar. Lo hacía de vez en cuando.

—¿Cuánto tiempo hace que abrió la *boutique*?

—Ya hace casi cinco años.

—¿Y Giuliana siempre venía a verla?

En ese momento entró una chica. Aurora se dirigió hacia ella, le preguntó en qué podía ayudarla y la chica respondió que solo estaba mirando.

Nos desplazamos al fondo del local, donde estaba el rincón de los libros ilustrados.

—¿Qué me estaba diciendo?

—¿Giuliana pasaba por aquí desde que abrió usted la tienda?

—No, no. Hacía mucho tiempo que no nos veíamos. Un día me la encontré delante del escaparate. Llevábamos años sin vernos. Salí, nos saludamos y la invité a entrar. Pasaba por aquí de casualidad, no sabía que la tienda era mía.

–¿Cuándo fue eso?

–Hará unos tres años.

–La muerte se produjo hace poco más de un año. Teniendo eso en cuenta, ¿podría ser más precisa?

–Es lo que le he dicho. Un par de años antes de su desaparición.

«Desaparición». Una palabra que siempre me ha impresionado, como todos los sinónimos y eufemismos para indicar la muerte de alguien. Fulanito ha desaparecido, menganita nos ha dejado, zutanita ha pasado a mejor vida... La marcha, la desaparición, el pasar a mejor vida. Cualquier cosa, excepto la incómoda verdad del concepto y de su palabra exacta: muerte.

Las respuestas de Aurora no coincidían del todo con lo que me había contado Rossi. Valía la pena profundizar un poco.

–¿Hablaron aquella vez? ¿Giuliana le contó algo?

–No mucho –contestó–. Su matrimonio no iba bien, pero no le apetecía hablar de ello. Fue una conversación un tanto superficial: nos alegrábamos de habernos encontrado, teníamos que quedar y todo eso. Se despidió al cabo de unos diez minutos y prometió que pasaría pronto a saludarme.

–¿Sabía dónde vivía Giuliana?

–Me lo dijo, creo que cerca del paseo Monza.

–¿Cómo es que estaba por esta zona? ¿Se lo contó?

–No.

–¿Le pareció que tuviese algo que hacer, algún horario que cumplir?

–Sí, se comportaba como si tuviese que ir a algún sitio. No solo aquella primera vez. Pasaba por aquí, se paraba un poco a charlar, luego consultaba el reloj y decía que se tenía que ir corriendo.

–¿Nunca le comentó si iba a encontrarse con alguien?

Negó con la cabeza.

–Las primeras veces imaginé que debían de ser citas de trabajo, pero luego sí lo pensé...

Su expresión era la de quien se pregunta si lo que está diciendo tiene sentido y si es buena idea decirlo.

–¿Lo pensó y...?

–No sé. Puede que sea una tontería, pero se me ocurrió por el modo en que iba vestida.

–¿Cómo iba vestida?

–Bien. Maquillada, con perfume. Lo cual, por sí mismo, no significa nada, claro. Cuando voy al gimnasio, yo también intento no parecer un adefesio, o sea..., usted ya me entiende.

Yo jamás me he puesto perfume para ir a entrenar.

–Claro, la entiendo. Una siempre debe arreglarse un poco, aunque no vaya a una fiesta. Pero ¿lo que insinúa es que Giuliana quizá iba demasiado arreglada?

Ella asintió. Antes de que tuviera tiempo de proseguir, la chica le preguntó si podía probarse una prenda. Aurora le señaló el probador. Le dije que la dejaba trabajar y me fui a fumar un cigarrillo. Esperé fuera hasta que la chica salió de la tienda con una bolsa de falsa apariencia informal, en la que podía leerse «CYNIQUE».

–Tiene cosas muy bonitas –reconocí al entrar.

–Gracias. Trabajo con jóvenes estilistas. Ellos diseñan y yo hago realidad sus creaciones. Cada prenda está numerada, me gusta la idea de que las clientas compren algo exclusivo. Yo misma diseño trajes de baño. Trabajaba en la banca y la verdad es que no soportaba ese trabajo. Estudié Economía y Comercio porque es lo que querían mis padres; a mí me hubiera gustado hacer otra cosa. En un momento determinado, antes de que fuese demasiado tarde, encontré el valor para cambiar de vida.

–Muy bien. Encontrar el valor para cambiar de vida, decidir.

–¿Quiere probarse algo?

Probarme algo... ¿Cuánto tiempo hacía que no me compraba una prenda de ropa por el simple placer de hacerlo? No conseguí recordarlo, y eso me mareó un poco.

–Gracias. La verdad es que siempre me visto igual. No es que sea muy gratificante, pero, al levantarme por la mañana, no tengo el problema de tener que decidir qué me pongo.

Reducir el número de decisiones, aunque sean insignificantes, es un gran alivio, ayuda a controlar la angustia. Eso, sin embargo, no se lo dije.

–Lástima. Con su figura, podría ponerse cualquier cosa.

–Me estaba contando que Giuliana iba muy arreglada cuando pasaba por aquí.

–Sí, hasta llevaba joyas.

–¿Joyas?

–Llamativas.

–¿De qué tipo?

–Pendientes muy bonitos, por ejemplo. Pero, sobre todo, un anillo. Me acuerdo porque era realmente especial. De oro, en forma de serpiente, con un diseño precioso. Los ojos eran rubíes o..., por lo menos, lo parecían.

–¿Lo parecían?

–Digamos que, si el anillo era de oro y no de plata bañada en oro, y si aquellas gemas eran rubíes auténticos, la pieza era muy valiosa. No debía de costar menos de cinco mil euros, seguramente más.

–¿Le preguntó usted por el anillo?

–Sí, le dije que era precioso. Ella me respondió que era un autorregalo. Me contó que se lo había comprado a una amiga suya representante de joyería, que se lo había dejado a precio de coste.

–¿Se lo creyó usted?

–No, pero no insistí. Estaba claro que no le apetecía hablar y la historia de la representante de joyería me pareció... solo eso, una historia. No sabría decirle exactamente por qué.

–¿Pensó que se lo había regalado un hombre?

–Sí, la verdad es que sí –admitió–. También por el significado.

–¿Del anillo?

–Sí, la serpiente significa distintas cosas. En un anillo, por ejemplo, expresa el deseo y la pasión sexual.

Respiré hondo y me concedí tiempo para ordenar la información.

–¿Con qué frecuencia venía a verla?

–Digamos que, desde la primera vez que pasó por aquí..., no sé..., unas cinco o seis veces en total.

–¿De qué hablaban?

–De todo un poco, pero siempre de manera superficial. La confianza que nos teníamos de jóvenes ya no existía. Me comentaba que el trabajo le iba bien. Que tenía muchos clientes, gente con dinero para gastar, y que ella había creado su propio método de entrenamiento, algo así como una combinación de yoga, pilates y pesas. En el trabajo le iba bien, pero con la familia no, aunque nunca me dio demasiados detalles. Pero una cosa sí me dijo: que si no fuese por la niña, ya se habría marchado de casa y habría empezado una nueva vida.

–¿Le habló de otras relaciones?

–No de forma explícita, pero se intuía que alguna había tenido. Yo nunca le pregunté nada abiertamente. Como ya le he dicho, nuestros encuentros eran esporádicos y, en general, bastante breves; nunca teníamos tiempo de crear la intimidad necesaria para determinadas confidencias.

–¿Le habló alguna vez de su marido?

–Poco, pero me dio la sensación de que, entre los dos, todo había terminado ya hacía mucho tiempo. Seguían juntos, mejor dicho, ella seguía con él por la niña. Creo que la idea de iniciar un proceso de separación le parecía algo demasiado difícil. De eso sí que me hablaba alguna vez.

–¿Qué le decía?

–Pues exactamente eso, que irse de casa, divorciarse, le parecía demasiado complicado; era algo que la superaba. Le hubiera gustado que él tomara la iniciativa.

–¿Qué más decía del marido? –insistí–. ¿Estaba enfadada con él, decepcionada, se mostraba indiferente?

–La verdad es que no hablaba mucho de su marido. No parecía que estuviera enfadada con él, más bien se mostraba indiferente, sí. Puede que también un poco harta, pero, básicamente, indiferente. No la oí criticar nada en concreto de su marido. Era como si lo considerara una persona..., ¿cómo decirlo?...

–¿Mediocre?

–Sí, eso es, mediocre. Nunca usó esa palabra, pero la idea era esa.

–¿Recuerda si Giuliana pasaba a verla por la mañana o por la tarde? ¿O por la mañana y por la tarde?

–Déjeme pensar... No estoy segura, pero diría que era siempre por la tarde. Creo que sí, creo que pasaba siempre por la tarde.

–Y durante ese tiempo, ¿no se vieron nunca fuera de aquí? ¿No salieron nunca, no sé, a tomar el aperitivo o comer una *pizza*?

–No. A veces hablábamos de salir algún día, pero son esas cosas que se dicen por decir. No llegamos a quedar nunca.

Rossi me había dado otra versión, pero era perfectamente posible que Giuliana saliese con otras personas –por ejemplo, un hipotético amante del cual, por otro lado, no había ni rastro, al menos de momento– y utilizase a su amiga reencontrada como excusa y pretexto.

–Una última pregunta. El marido me habló de otra amiga de Giuliana y de usted, Valentina. ¿Sabe si Giuliana y ella se veían o si mantenían aún el contacto?

–No. Hablamos de Valentina y comentamos que ninguna de las dos sabía nada de ella.

No creía tener más preguntas que hacerle. Seguro que se me ocurriría alguna después de marcharme, como de costumbre, pero, por el momento, aquello era todo.

–Gracias, me ha sido usted de gran ayuda. Si le parece bien, le dejo mi número de teléfono por si acaso recuerda algo más. Si es así, llámeme, por favor, aunque le parezca un detalle irrelevante.

–Muy bien –dijo, mientras yo escribía mi nombre y mi número en una hoja del cuaderno que llevaba en el bolso.

–La felicito por su *boutique*, tiene cosas muy originales.

–Tal vez le apetezca pasar en otra ocasión y probarse algo. Con esa figura, es una lástima que se vista igual todos los días. Un desperdicio.

«Soy especialista en desperdicios, amiga».

–Sí, a lo mejor paso algún día y me pruebo algo.

10

Fui a sentarme a un restaurante cercano. Tenían una terraza con mesitas y estufas tipo seta, y a mí me apetecía comer y beber algo, y hacer balance.

Pedí una ensalada con aguacate y salmón y una copa de *sauvignon*. Poco después pedí otra. Cuando llegó el café, cogí los cigarrillos y el cuaderno y me dediqué a poner un poco de orden en lo que había averiguado a lo largo de la mañana.

En primer lugar: Giuliana frecuentaba aquella zona, muy lejos de su casa, y no para ir de compras ni visitar a su vieja amiga Aurora. Por otro lado, era improbable que fuese allí por trabajo, es decir, a hacer de entrenadora personal, teniendo en cuenta que – según el relato de Aurora– iba siempre muy bien vestida y arreglada. Una posibilidad era que se desplazase hasta allí porque tuviese una relación. El hombre con el que supuestamente se encontraba viviría por aquella zona o tal vez tendría un picadero. El hotel quedaba descartado, porque la policía había consultado la base de datos del Ministerio del Interior y Giuliana no se había registrado en ningún hotel ni pensión, excepto en dos breves estancias de vacaciones con su marido e hija. Lógicamente, era posible que hubiera pasado solo una tarde en algún hotel con su hipotético amante y que un portero amigo los hubiese dejado entrar sin registrarse.

En segundo lugar: Giuliana mentía a su marido sobre la relación con Aurora. Le decía que salía con una vieja amiga a la que había vuelto a encontrar, pero, en realidad, se veía con otra persona. Probablemente fuese la primera excusa que se le habría ocurrido a la hora de mentir a su esposo. Tal vez las dos amigas se hubiesen vuelto a ver ciertamente en aquel encuentro casual delante de la tienda justo días antes de que surgiese la necesidad de inventarse una historia que le permitiera salir sin problema por la noche. Una excusa bastante segura: Rossi no conocía personalmente a Aurora, por lo que no había peligro de que se encontrasen. Por tanto, ni siquiera le hacía falta informar a su amiga y pedirle que la cubriese. Aurora era, sin saberlo, su coartada. En lo que a este punto se refería, la explicación más verosímil también era que Giuliana tenía una historia con otro hombre.

En tercer lugar: Giuliana poseía, al menos, una joya valiosa que a todas luces no le había regalado su marido. Esa joya no estaba en la caja fuerte de su casa: si hubiera estado allí, yo me habría fijado. El objeto del que había hablado Aurora no había aparecido y, probablemente, se encontraba entre los que había cogido el asesino antes de abandonar el cadáver.

Ese dato tenía dos posibles explicaciones.

Una: que aquel valioso anillo fuera un regalo del misterioso amante y que él se lo hubiese llevado junto a los demás objetos no solo para simular un robo, sino también para eliminar una prueba material que podía conducir hasta él.

La otra: que pudiera tratarse de un robo que había acabado mal, dado que el anillo era claramente un objeto de gran valor. En ese caso, sin embargo, no se explicaba por qué el asesino había trasladado el cadáver hasta un lugar desolado de la periferia.

Encendí otro cigarrillo y me pregunté si debía llamar a Rossi para preguntarle por el anillo. Lo más probable era que no supiera nada, que no lo hubiera visto jamás y que me hiciera un montón de preguntas. Finalmente, decidí llamarlo de todos modos. Respondió al cabo de varios tonos, cuando yo ya estaba a punto de colgar.

—Disculpe, estoy enseñando un piso a unos clientes.

—Lo llamo más tarde, si quiere.

—No, no. Me aparto un poco. Usted dirá. ¿Ha averiguado algo?

—No sé si será nada importante, pero quería preguntarle si su mujer tenía un anillo con forma de serpiente.

Se produjo un largo silencio al otro lado de la línea. No entendí si se estaba concentrando para recordar o si se estaba interrogando sobre los motivos de mi pregunta. O tal vez ambas cosas.

—No recuerdo haberle visto nunca un anillo de ese tipo. ¿Por qué me lo pregunta?

Me había preparado para contarle una parte de la verdad.

—He hablado con Aurora. Me ha dicho que, en una ocasión, le vio un anillo con esa forma y que había sentido curiosidad. La típica cosa en que suele fijarse más una mujer que un hombre.

—¿Era un anillo valioso? —preguntó enseguida Rossi, que obviamente no era tonto.

—No, Aurora ha dicho que parecía un objeto de buena bisutería —mentí, con la esperanza de que no insistiese.

—¿Qué más le ha contado Aurora?

—Nada útil, ninguna confidencia de Giuliana que permita aventurar una pista para otras pesquisas.

Quiero hacer algunas comprobaciones más y espero poder transmitirle, en los próximos días, cuál es mi opinión sobre la posibilidad de seguir adelante o no con el caso. Hasta pronto.

11

A partir de la tarde el tiempo se estropeó. En el telediario ya lo habían anunciado: llegaba una perturbación de origen polar y, con ella, las temperaturas previstas se situarían por debajo de las normales para la época; vientos fuertes, tormentas y nevadas en cotas bajas.

A la mañana siguiente, la ciudad estaba envuelta en una lluvia constante y casi sólida. Cayó durante dos días, gris, gélida e ininterrumpidamente.

Como no tenía nada especial que hacer en la calle ni nadie a quien ver, me quedé en casa –exceptuando alguna que otra escapadita para comprar productos de primera necesidad: comida, cigarrillos y alcohol– viendo series de televisión, bebiendo y fumando demasiado, durmiendo mal, ignorando mensajes de algunos imbéciles con los que había pasado absurdas veladas semanas atrás y preguntándome qué podía hacer para averiguar algo más sobre la muerte de Giuliana. No encontré ninguna respuesta aceptable.

«Nada es eterno, ni siquiera la fría lluvia de noviembre», como cantaban los Guns N' Roses. Y, de hecho, al tercer día –aunque todos los colores de mi mundo se mantuvieran en distintas tonalidades de gris, sin una verdadera solución de continuidad entre el cielo y las aceras– la lluvia dejó de caer y salí a entrenar.

Estaba terminando la última serie de dominadas en la barra, sin ni siquiera un triste grupito de jóvenes musculosos disfrutando del espectáculo, cuando me sonó el teléfono: era Barbagallo. Al leer su nombre en la pantalla, noté una punzada de nervios en la nuca.

–Hola, Rocco.

–Jefa, tengo que hablar con usted.

–Dime.

–Será mejor que nos veamos.

–Estoy casi al lado de tu oficina, estaba entrenando en el parque.

–¿El de Porta Venezia?

–Sí.

–¿Nos vemos en la entrada de la calle Manin?

–Llego dentro de cinco minutos.

–Yo también.

Diez minutos más tarde estábamos los dos sentados en un banco, delante de la fuente. A nuestro alrededor, la atmósfera era deprimente, de insoportable precariedad.

—¿Y bien?

—No lo sé, jefa, puede que solo sea una chorrada...

—Tú cuéntamelo y luego ya decidiremos si es una chorrada o no.

—No les he dicho nada a mis superiores.

—Venga, Rocco, deja ya de marear la perdiz. Si es algo que debas contar a tus superiores, lo harás en el momento oportuno. De momento, suéltamelo a mí.

Cogió aire por la nariz, sacó los cigarrillos y me ofreció uno. Lo acepté, aunque no era precisamente buena idea después de entrenar, y él se encendió otro.

—Hice correr la voz, como usted me pidió. Admito que no estaba demasiado convencido, pero lo hice igualmente. Hablé con mis confidentes, les dije que pensábamos que aquel homicidio podría estar relacionado con el mundo de la delincuencia y que queríamos saber qué se había rumoreado por ahí. Como ya esperaba, todos me aseguraron que no sabían nada, que ni siquiera recordaban los hechos. Uno llegó a decir algo que yo también pienso: «Si matas a una mujer de esa manera, o eres un asesino en serie o eres un maníaco».

Hizo una pausa y, sin pretenderlo, echó un vistazo a su alrededor.

—Y luego, esta mañana, me ha llamado un tipo que

hace de perista y también de usurero. De vez en cuando me pasa buenos soplos. Yo no había hablado directamente con él, pero alguien le contó que yo había hecho correr el rumor. Me ha pedido que nos viéramos y hemos quedado hace una hora.

—¿Y qué te ha dicho?

—Que hace unos cuantos meses, un ladrón de pisos que le vende los objetos robados le contó una historia muy extraña. Tiempo atrás había entrado en una casa para robar y en una habitación había encontrado a una mujer muerta. O que parecía muerta, vamos.

Noté cómo se me aceleraba el corazón, más o menos como en la época de las competiciones, justo antes de un salto..., o más tarde, cuando una investigación por homicidio parecía emprender, de repente, la dirección correcta.

—¿Qué quiere decir «parecía muerta»?

—Entró en una habitación y vio a una mujer inmóvil en el suelo, bocabajo. Se cagó encima y se largó.

—¿No vio nada más?

—No lo sé. Eso es todo lo que me ha dicho mi confidente.

—¿Y por qué el ladrón le contó la historia a él?

—Se vieron cuando el hombre fue a llevarle los objetos robados. No inmediatamente después, pero está claro que es algo que se le quedó grabado.

—¿Cómo sabía que estaba muerta?

–No lo sé, jefa, le he dicho todo lo que él me ha contado a mí.

–¿Y por qué tu confidente no contó enseguida la historia?

–Yo también se lo he preguntado. Me ha respondido que le pareció una chorrada; que ese tipo, el ladrón me refiero, bebe y se droga..., que no es de fiar. No le dio importancia al tema. Entre ladrones siempre circulan historias raras sobre lo que encuentran en los pisos. Son como las leyendas de los pescadores. Vamos, que exageran. Hasta historias de fantasmas cuentan. Yo he oído alguna...

–Vale, lo pillo. Dejemos en paz a los fantasmas. No le dio importancia a la historia, pero luego, al saber que buscabas información sobre un homicidio sin resolver, se ha acordado y te la ha contado. Tiene sentido. ¿El ladrón se llevó algo del apartamento?

–No. Ha dicho que se largó enseguida, nada más darse cuenta de que estaba muerta.

–¿Estaba solo o con algún cómplice?

–No lo sé. Mi informador no me ha hablado de otras personas.

–¿Te ha dicho la dirección o la zona, al menos?

–No.

–¿Te ha dicho quién es el ladrón?

Negó con la cabeza y se encendió otro cigarrillo con la colilla del anterior. Reflexioné durante unos segundos, aunque, en realidad, no había mucho sobre lo que reflexionar.

–Tenemos que hablar con tu confidente. Tiene que decirnos quién es su fuente, o sea, el ladrón.

–No creo que lo haga, jefa.

–Vayamos juntos a hablar con él, y ya verás como canta.

–Jefa, ya sabe cómo van las cosas con los confidentes. Todo se basa en el hecho de que sepan que no los vamos a meter en líos. Si la llevo...

–No lo vamos a meter en ningún lío. Nos dice quién es el ladrón y se acabó, tan amigos.

Me di cuenta de que estaba usando un tono muy agresivo, pero no podía evitarlo.

–No se trata de eso, jefa. ¿Qué quiere que haga? Es mi confidente. Ya sé que estoy en deuda con usted, pero...

–Déjate de deudas. Nadie ha hablado de deudas ni de pagos. No me ofendas ni me hagas enfadar. Lo que sucedió entonces yo ya lo he olvidado, ¿estamos? No me debes nada. Si no quieres dejarme hablar con tu confidente, no pasa nada. Encontraré otra forma y aquí se acaba la conversación.

Seguimos sentados varios minutos en el banco, en silencio. Mano de Piedra cogió otro cigarrillo, pero no lo encendió. Jugueteó un poco con él, mientras contemplaba la grava que teníamos bajo los pies. Luego se levantó, dijo que tenía que hacer una llamada y se alejó unas decenas de metros. Tardó un par de minutos antes de volver al banco, donde yo lo esperaba. Hacía frío.

–De acuerdo. Si quiere, vayamos ahora.

Cogió un coche policial, aunque aquello no era lo más irregular que estaba haciendo esa mañana.

Casi media hora más tarde estábamos delante de un bar, en un sitio indeterminado entre los distritos de Bovisa y Niguarda. Mano de Piedra hizo otra llamada.

–Estamos aquí –se limitó a decir antes de colgar.

Poco después llegó un tipo menudo y calvo. Tenía un aspecto anónimo e inofensivo. Si lo hubiera visto sin saber absolutamente nada de él, jamás se me habría ocurrido pensar que aquel tipo pudiera ser perista y usurero.

–Hola, Vanni. Esta es Penelope Spada.

–La conozco. Me acuerdo muy bien de ella. Detuvo a algún amigo mío. Todos le teníamos miedo. Pero ahora ya no es fiscal, ¿verdad?

Mano de Piedra se dispuso a decir algo, pero yo me adelanté.

–No. Ahora trabajo por mi cuenta y necesito urgentemente pedirte algo. Muy urgentemente.

El hombre miró a Mano de Piedra y luego otra vez a mí.

–Hay algo que quiero dejar claro enseguida –añadí–. Lo que aquí se diga será absolutamente confidencial. Nada por escrito, nada de nombres, nada de nada.

−¿Es por la historia de la mujer muerta del piso?

−Sí.

−Ya se lo he contado todo al inspector.

−Necesito saber quién te contó esa historia. Tengo que hablar con él.

−Si les doy su nombre, se sabrá que he sido yo.

−Él no nos interesa en absoluto, ni lo que hace ni dónde roba. Solo necesitamos saber cuándo y dónde ocurrieron los hechos. En cuanto nos lo haya dicho, nos olvidamos de que existe.

El hombre me escuchaba con una expresión de educada perplejidad.

−Disculpe, señora, pero si usted ya no es fiscal, ¿por qué le interesa investigar esta historia?

Pensé que lo mejor era contar la verdad. Más o menos.

−El año pasado asesinaron a una mujer. La encontraron en un terreno en barbecho de Rozzano, muerta de un disparo en la nuca. No murió en el lugar en que la encontraron. La investigación no condujo a ninguna parte y la causa se archivó. Pero todo eso ya lo sabes. El marido de esa mujer me ha contratado para que intente descubrir algo, de modo que se pueda reabrir la investigación. Te repito que nada de lo que nos cuentes, o de lo que nos cuente tu colega, saldrá a la luz. Nada. Tienes mi palabra.

Le lanzó otra mirada a Mano de Piedra.

−Escucha, Vanni, si no quieres que vayamos a buscarlo, llámalo tú. Podemos hablar los tres con él. Así se sentirá más seguro y podrás ayudarnos a convencerlo.

El hombrecillo dejó pasar unos instantes y luego se encogió de hombros.

–Espero que no me hagáis cometer una estupidez. Te llamo mañana, Rocco, y te digo dónde quedamos para hablar con el chaval.

12

De nuevo tras una pista; de nuevo en una investigación de verdad.

Me invadió una oleada de entusiasmo tan intensa que apenas podía pensar. Me entraron ganas de prepararme una cena, me entraron ganas de cocinar de verdad. Hacía muchísimo tiempo que no me ocurría. No lo de cocinar como ejercicio de supervivencia, sino lo de tener ganas de hacerlo.

Abrí una botella de *pinot* negro y preparé *masalah* de pollo. Receta de mi abuela. Era antropóloga y había viajado mucho. Incluso llegó a conocer a Margaret Mead. Y había aprendido a preparar toda clase de platos exóticos mucho antes de que aquí se volviera tan popular la comida étnica.

La abuela Penelope me enseñó a cocinar, a hacer juegos de prestidigitación y otras muchas cosas que no he sabido aprovechar. Me quedan solo unas cuantas recetas y unos pocos trucos de magia. Supongo que eso debe de tener algún significado metafórico, pero siempre he preferido no buscarlo.

Murió cuando yo tenía dieciséis años, pero seguí hablando con ella durante muchísimo tiempo. En mi habitación, de noche. A veces calculaba cuántos años tendría si aún viviera. Me preguntaba qué consejos me daría, qué diría de las cosas que yo hacía, si estaría orgullosa de mí. Llegó un momento en que dejé de preguntármelo, porque ya no había nada de lo que estar orgullosa.

Fue una de las primeras mujeres italianas en divorciarse, después de la ley aprobada en 1970. Eso fue antes de que yo naciera. No llegué a conocer a mi abuelo; solo sé que, de joven, era muy guapo y que en algún momento hizo algo imperdonable. Me he preguntado muchas veces si mis relaciones –no precisamente equilibradas– con los hombres tendrán algo que ver con esa historia que jamás me contaron y que ahora ya se ha perdido para siempre. Me he preguntado muchas veces también si mi talante, mi desconfianza implacable y destructiva vienen determinados de algún modo por aquella culpa remota y su castigo.

Como suele sucederme con frecuencia, los pensamientos empezaron a agolparse descontroladamente en mi cabeza sin que yo pudiera hacer nada: del abuelo al que no había conocido pasé a recordar a mi novio, Francesco. Me amaba, creo, y repetía que quería casarse conmigo mientras yo me inventaba excusas para ver a otro, un poli que se parecía a Keanu Reeves. Tendría que haber encontrado las fuerzas necesarias para dejarlo, por mí y por él, pero durante mucho tiempo fui incapaz. Luego él me pilló, como era de esperar.

Cuando todo terminó entre nosotros, me dije que era justo, que formaba parte de la naturaleza de las cosas y de la vida. En un libro cuyo título no recuerdo, leí una frase que decía más o menos así: «La infidelidad es seguir adelante rechazando una vieja idea de nosotros mismos. La infidelidad y las traiciones son indispensables para el progreso de los individuos y de la colectividad».

Me pareció que justificaba mi comportamiento, pero, al mismo tiempo, no dejaba de darle vueltas a algo que le había oído a mi abuela cuando yo ya no era una niña y ella estaba enferma: «Muchas veces intentamos justificar nuestro comportamiento echando las culpas a los demás, a nuestra naturaleza o a la manera como van, o deberían ir, inevitablemente las cosas de la vida. Declaramos que ciertas decisiones o determinados comportamientos son ineludibles. Pero, con frecuencia, tanto estos como nuestras mil formas de justificarlos no son más que un síntoma de mediocridad moral».

«Mediocridad moral»: dos palabras que siempre me han obsesionado, como una maldición o una condena.

Comí en la mesa de la cocina y me obligué a hacerlo con calma, disfrutando de la comida y del vino, para compensar el frenesí, para aminorar el ritmo desbocado de mi mente.

Después de cenar me fumé un cigarrillo y bebí la última copa de vino.

Me apetecía hacer algo que llevaba mucho tiempo sin hacer.

En el estante superior de la librería estaban los libros que me había regalado mi abuela o, por lo menos, los que yo había podido conservar. El último me lo había regalado cuando ya se acercaba el final de su vida. Me subí a una silla, cogí el libro titulado *Los trazos de la canción*, de Bruce Chatwin, y leí la dedicatoria, escrita con una caligrafía puntiaguda y letra audaz, rabiosa a veces pero sin temblores, a pesar de la enfermedad.

Era un poema de Anna Ajmátova.

Cuando escuches el trueno me recordarás
y tal vez pienses que amaba la tormenta...
El rayado del cielo se verá fuertemente carmesí
y el corazón, como entonces, estará en el fuego.

13

A la mañana siguiente, Mano de Piedra me llamó más o menos a la misma hora.

—Vanni nos espera con el chaval. ¿La recojo en algún sitio?

—Estoy en el centro. Nos vemos en la plaza Cavour, al lado de la parada de taxis.

Rehicimos el camino del día anterior y nos encontramos delante del mismo bar. Vanni nos esperaba con el «chaval», que, en realidad, era un tipo esmirriado, de nombre Antonio y edad indefinida entre los treinta y cinco y los cincuenta. Tenía un rostro que recordaba al de ciertos roedores de los dibujos animados.

Subieron al coche con nosotros y Mano de Piedra procedió a conducir despacio, sin destino, recorriendo calles desconocidas y anónimas. Era posible que yo no hubiera pasado por aquella zona de la ciudad en toda mi vida.

Me desabroché el cinturón de seguridad para volverme hacia el asiento de atrás.

–Para tu tranquilidad, voy a dejar una cosa muy clara: todo lo que aquí se diga quedará entre nosotros. No se pondrá nada por escrito. Cuando este encuentro termine, cada uno se irá por su lado. Tu nombre no aparecerá en ninguna parte. ¿De acuerdo?

Asintió con el aire de quien ya ha tomado una decisión.

–Repítenos lo que le contaste a Vanni. Como lo recuerdes, sin omitir ningún detalle por poco importante que te parezca.

–Estaba con un amigo mío. Él no sabe que he contado esta historia. Decidimos ir a robar algún piso y nos fuimos a la zona de Porta Genova.

–¿Por qué precisamente esa zona?

–Es más fácil que en el centro, hay menos puertas blindadas y menos cámaras de seguridad. Total, que nos fuimos para allí y empezamos a llamar a los interfonos.

–¿Para ver qué pisos estaban vacíos? –le preguntó Rocco.

–Sí, es lo que hacemos cuando no hay un piso concreto al que queramos ir, cuando no hay un cerebro en la banda.

–Sigue.

–Lo habíamos intentado ya en un par de edificios. Habíamos entrado, pero los pisos vacíos tenían puertas blindadas con esas cerraduras nuevas que solo saben abrir los georgianos.

Los georgianos son, sin la menor duda, los mejores ladrones de pisos con diferencia. No hay puerta cerrada que se les resista. Parece que todas las fábricas de llaves y cerraduras de la antigua Unión Soviética se localizaban en Georgia. Y cuando cayó el bloque, los profesionales –por así decirlo– se reconvirtieron y transmitieron sus conocimientos de generación en generación.

–Encontramos ese piso en el tercer edificio. Estaba en la tercera planta, creo, o quizá en la cuarta. Llamamos al timbre, por seguridad, pero no había nadie. La puerta era blindada, pero de las que tienen cerradura antigua, bastante fácil de abrir. Así que entramos y no había alarma.

–¿Y alguna placa en la puerta? ¿Algún nombre?

–No me acuerdo.

–¿A qué hora entrasteis?

–No lo sé. Ya había oscurecido, pero no era tarde. Puede que fueran las seis y media o las siete. No me acuerdo.

–Descríbenos cómo era el apartamento.

–Normal. Se entraba en una sala grande con sofás, pero también había una cocina. A esa sala daban varias puertas, abrimos una y enseguida vimos a la mujer muerta en el suelo.

–¿Estás seguro de que estaba muerta?

–Sí. Estaba inmóvil y tenía sangre en la cabeza.

–¿En qué posición estaba?

–Bocabajo.

–Por tanto, ¿no le viste la cara?

–No.

–¿Te fijaste en cómo iba vestida? ¿En cómo tenía el pelo?

–No... Creo que tenía el pelo oscuro..., pero no me acuerdo. Nos fuimos corriendo de allí, señora. Hemos entrado a robar y nos hemos encontrado a una mujer muerta. Si nos pillan allí, ¿quién se va a creer que no habíamos sido nosotros?

«Qué modo más extraño de hablar», pensé. Alternaba los tiempos verbales: del imperfecto al perfecto simple, al perfecto compuesto y al presente, sin un motivo claro. Había algo ligeramente hipnótico en aquel uso extravagante de las conjugaciones.

–¿Encontrasteis, por casualidad, indicios de la presencia de un perro en el piso?

–No, no había perros. Si lo había, ladraba... y nosotros no entrábamos en el piso. Si quieres robar en una casa con perro, tienes que ir preparado; pero a mí no me gusta hacer daño a los animales. Nunca voy a robar a una casa en la que tengan perros.

–No me he explicado bien. Lo que quiero decir es si había indicios que hicieran pensar en la presencia de un perro, por ejemplo, una camita, algún juguete o cuenco de comida...

–No lo sé. Solo estuvimos dentro dos minutos. Encontramos a la mujer muerta y nos largamos enseguida.

–¿Viste por allí algún objeto que te llamara la atención? No respondas enseguida. Visualízalo con la mente.

Se esforzó, pero finalmente dijo que no recordaba ningún otro detalle de la escena.

–Lo único que recuerdo es esto: se entraba en una sala grande, con sofás y cocina. Abrimos una puerta, vimos a la mujer y nos largamos de allí a toda leche. Es un recuerdo extraño, confuso. A veces hasta he pensado que quizás fuera solo un sueño. Pero mi amigo recuerda lo mismo que yo, y por eso sé que fue real.

–De acuerdo. Entonces, justo después de haber visto a la mujer, tú y tu amigo os largasteis de allí. ¿Bajasteis a pie o en el ascensor?

–A pie.

–¿Os encontrasteis con alguien?

–No.

–¿Y qué hicisteis una vez en la calle?

–Fuimos corriendo a coger el metro.

Estuve a punto de preguntarle si habían pasado

por delante de alguna cámara de seguridad, pero comprendí que era una pregunta inútil. Había transcurrido más de un año, por lo que, si en su momento hubiera existido alguna grabación, ya la habrían borrado. Y si le preguntaba algo así, solo conseguiría ponerlo nervioso.

–Supongo que hablasteis de lo que habíais visto.

–Sí.

–¿Y qué dijisteis?

–Yo dije que lo mejor era avisar a la policía.

–¿Y él?

–Que yo era gilipollas. Que si hablábamos con la policía, nos denunciábamos a nosotros mismos de intento de robo y luego a saber qué pasaba. ¿Y si a aquella mujer se la había cargado alguien peligroso? No debíamos meternos donde no nos llamaban, teníamos que olvidar el tema y punto. Pensé que tenía razón.

–Pero luego se lo contaste a Vanni.

–Sí. Supongo que porque necesitaba hablar de ello. He soñado muchas veces con esa mujer. Una vez hasta soñé que se levantaba y me perseguía.

–¿Cómo era la mujer del sueño? ¿Pudiste verle la cara?

Me miró como se mira a quien hace preguntas raras, por no decir absurdas. Pero, en realidad, la pregunta no lo era. Es frecuente que, al hallarse una persona en un estado de profundo estrés, se despierte en ella algún recuerdo bloqueado o perdido en su memoria: ocurre entonces que ese recuerdo se reelabora de algún modo por debajo del umbral de la consciencia y aparece de forma nítida, aunque sea solo por un instante, en mitad de un sueño.

No era el caso. La mujer que se le había aparecido a Antonio era una especie de monstruo fantasmal que se levantaba de repente e intentaba atraparlo. El sueño había sido tan real que se había despertado, pero la mujer no tenía cara ni detalles que pudiesen resultarnos útiles.

—Después de aquella noche, ¿volviste a hablar del tema con tu amigo?

—No. Bueno, solo en plan «¿te acuerdas de aquella noche?». Y ahí se quedaba la cosa, no decíamos nada más.

—Pero ¿no sentíais curiosidad por saber qué había pasado?

—Pusimos la tele y al día siguiente leímos el periódico para ver si decían algo de una mujer muerta en un piso, pero no había nada. Luego a mí me detuvieron y...

—¿Te detuvieron? ¿Por qué? ¿Cuándo?

—Aquella noche me trajo mala suerte. La tarde siguiente fui a robar a un piso con otro amigo mío. Nos habían soplado que la propietaria, una vieja, tenía dinero en metálico; pero llegaron los polis y nos pillaron cuando estábamos huyendo. ¡Vaya somanta de palos nos dieron! Yo llegué a la cárcel con una costilla rota y le tuve que decir al médico que me había caído por la escalera en comisaría.

—¿Cuánto tiempo estuviste en la cárcel?

—Tres meses en la cárcel y otros tres de arresto domiciliario. Llegamos a un acuerdo en la vista.

—Después de ese episodio, ¿te han vuelto a detener?

—No.

—Bien. Hay una cosa más que puedes hacer por nosotros. Indicarnos el edificio, y ya habremos acabado.

Se volvió hacia Vanni, que durante todo el tiempo había permanecido en silencio, escuchando con la expresión interesada de un aprendiz escrupuloso.

—Vamos, enséñales el sitio —se limitó a decir.

—No me acuerdo del edificio. Tenía jardín, pero no recuerdo el sitio exacto.

—¿A cuánta distancia estaba de la parada de metro? —preguntó Rocco.

—Exactamente no lo sé.

—Al salir del edificio, ¿cuánto tardasteis en llegar al metro?

—Unos diez minutos.

—Vamos a la zona y echamos un vistazo. Si estás allí, te será más fácil acordarte.

Llegamos al barrio y, una vez más, empezamos a recorrer lentamente las calles. Como antes, pero esta vez con un objetivo concreto. «Sí, era por aquí, había un jardín», repetía Antonio. De hecho, vimos varios edificios con jardín, pero no supo indicarnos cuál era el bloque en el que habían descubierto el cadáver tras entrar a robar. En un momento determinado, le pidió a Mano de Piedra que parase.

–Me acuerdo de aquel bar, pasamos por delante. El edificio estaba por aquí.

–¿Por qué te acuerdas del bar?

–Mi amigo compró cigarrillos.

–¿Antes de entrar en el piso?

–Claro. Al salir, lo único que queríamos era largarnos.

Dimos un par de vueltas más en un radio de unos cien metros desde el bar, pero sin resultados concluyentes.

–Era en esta zona, cerca del bar. Ya les he ayudado, no puedo decirles más.

Mano de Piedra me miró y yo asentí. Le dijo al ladrón que no pasaba nada, que había hecho algo bueno y se había ganado un amigo.

–Dos amigos, por si te sirve de algo –añadí yo.

14

Cuando nos despedíamos, Mano de Piedra me dijo que aquella noche tenía que trabajar: una investigación de la dirección antimafia del distrito, decenas de medidas cautelares contra una banda calabresa. Mientras hablábamos de un trabajo que, en otros tiempos, yo misma había coordinado y del cual ya estaba apartada para siempre, sentí una punzada de nostalgia casi insoportable.

Prometió que me llamaría al día siguiente. Le pedí que averiguara la fecha de la detención de Antonio, el ladrón, porque aquel era un detalle que podía validar la hipótesis de que la mujer del piso fuese Giuliana Baldi.

Nos encontramos a eso de las diez en un bar que estaba cerca de la comisaría. Tenía aspecto de no haber dormido en toda la noche y, por un momento, tuve la sensación de que sus cincuenta años le habían caído encima de golpe.

–¿Los habéis pillado a todos?

–A un par no los hemos encontrado, pero tampoco pueden ir muy lejos. Es cuestión de días. –Se pasó una mano por la cara, en un vano intento de eliminar el cansancio que se adivinaba en las profundas arrugas y en los ojos enrojecidos–. Me hago viejo. Hace diez años, después de una noche como esta, me hubiera bastado con dormir media hora en comisaría para seguir trabajando todo el día. Pero ahora..., buf. Si no me voy a descansar, me caigo redondo al suelo.

–Todos nos hacemos viejos. Solo hay una alternativa, y no es que resulte muy atrayente.

Barbagallo meditó unos instantes.

–Ya. Aunque a veces me pregunto si no ha llegado el momento de cambiar de vida. Te haces viejo de verdad casi sin darte cuenta y luego es cuando empiezas a pensar en todo lo que podrías haber hecho y no hiciste. En fin, son cosas que se dicen cuando uno está cansado.

–Bueno, ¿qué me cuentas?

No hizo falta que le explicara que ya no estaba hablando de las detenciones de aquella noche, ni del cansancio, ni de la vejez que llega de forma solapada.

—Es una historia absurda —respondió él, moviendo la cabeza de un lado a otro.

—¿Has comprobado la fecha de la detención de nuestro amigo Antonio?

—Los colegas de la patrulla lo detuvieron la misma noche en que apareció el cadáver de la mujer en Rozzano. Y en esos días no hubo ninguna otra mujer asesinada. —Sacudió de nuevo la cabeza, con expresión incrédula.

—La mujer del apartamento era Giuliana Baldi.

—Sí. Es increíble. ¿Y ahora qué hacemos?

—Tú nada, por ahora, aparte de irte a dormir. Yo, en cambio, voy a darme una vueltecita por aquella zona para echar un vistazo y ver si se me ocurre alguna idea.

—Habría que averiguar cuál era el piso.

—Ya.

—¿Y yo qué hago, jefa? Tendría que escribir un informe para mi superior.

—Espera, no hay prisa. Dame unos días para ordenar las ideas y releer las actas, a ver si se me ocurre algo.

—Jefa...

—Dime.

—No haga nada sin avisarme. No sabemos con quién nos enfrentamos, no sabemos en qué asuntos podía estar metida Baldi. Puede que Antonio tenga razón y haya gente peligrosa implicada en todo esto.

—Se trata de un homicidio cometido de un disparo

en la cabeza. Por lo general, quien hace algo así es peligroso. Dicho lo cual, no te preocupes, no voy a hacer nada temerario.

–Si me preocupo es, precisamente, porque la conozco. Prométame que no hará nada sin avisarme. Yo le prometo que no informaré a nadie sin hablarlo antes con usted.

–Muy bien, te lo prometo. ¿Sabes qué necesitaría?

–Dígame.

–Comprobar si en aquella zona consta alguna persona que tenga una licencia legal para un calibre 38. Habría que verificarlo en la base de datos del Ministerio, pero no tengo ni idea del tipo de solicitud que hay que hacer.

–Eso no va a ser fácil, porque hoy en día se registra cualquier acceso a la base de datos. Si se sabe que he solicitado esa información antes de haber informado a mis jefes..., bueno, me puedo meter en un lío.

–Tienes razón. Entonces, de momento, lo dejamos correr. Ya te llamaré.

Mano de Piedra se fue a dormir y yo decidí dar una vuelta por la zona que habíamos patrullado en coche el día anterior. Sin saber muy bien qué quería hacer ni en qué debía fijarme. Únicamente, dejándome llevar siempre por esa sensación –como si fuera una especie de pensamiento mágico– de que en los sitios donde ha ocurrido algo puede surgir, de repente, una intuición inesperada y la mirada tal vez se vuelva más nítida y aguda.

Llegué en metro a Porta Genova y me dediqué a pasear un rato por la zona de Tortona mientras intentaba poner en orden todos los interrogantes, todas las preguntas a las que necesitaba dar respuesta para imaginar el que sería un posible avance en la investigación. Pensé justamente en esas palabras: «un avance en la investigación».

Por tanto, ya consideraba que lo que estaba haciendo era una investigación. ¿Por qué el cuerpo de Giuliana estaba en un piso vacío? Tal vez el asesino hubiera salido a buscar ayuda o a organizar el traslado del cadáver. O tal vez le había invadido el pánico y necesitaba recobrar la calma antes de pensar en la forma de deshacerse del cuerpo.

Y, ya puestos, ¿por qué Rozzano? ¿El lugar en el que habían abandonado el cadáver tenía algún significado? ¿Era un intento de mandar un mensaje –aunque fuera únicamente para despistar– o se trataba tan solo de una elección casual, de un paraje solitario y desolado cualquiera?

La hipótesis de un amante despechado o rechazado seguía siendo sin duda la más verosímil. O la menos inverosímil, esto es, la que exigía el menor número de conjeturas y las explicaciones menos complicadas, lo cual tampoco debía subestimarse.

Imaginé que Giuliana tenía una historia con alguien –alguien tan enamorado como para regalarle
aquel valioso anillo que le había llamado la atención a
Aurora y del cual no había ni rastro– y que, en un momento determinado, decidía cortar con ese alguien e
interrumpir la relación. Como les ocurre a tantos hombres, él no habría sido capaz de soportar la frustración
ni la herida infligida a su idea enfermiza y miserable
de la masculinidad, y, como les ocurre a tantos hombres también, había reaccionado con violencia homicida, es decir, eliminando la causa de aquella insoportable humillación.

Cualquier posibilidad de darle un impulso a la investigación pasaba por localizar el piso. Pero ¿cómo?
Antonio, el ladrón, no había conseguido recordar el edificio; no era posible investigar las armas registradas
en la zona, y no existía ningún elemento que apuntase
hacia una persona en concreto –quitando ese fantas-
magórico amante feminicida de mis conjeturas– con
la que Giuliana pudiese haberse visto en la época anterior a su muerte.

Tenía entre manos dos datos significativos, pero no
relacionados entre sí. Al menos, no de momento. Conocía la zona en que, con toda probabilidad, se había
cometido el homicidio. Y sabía que, poco antes de su
muerte, Giuliana había estado cerca de un perro de pelo
blanco y corto. O, en cualquier caso, había estado en

un sitio en el que dicho perro había perdido bastantes pelos blancos y cortos.

Me dije que la única forma de intentar relacionar ambos datos y transformarlos en una hipótesis sólida de investigación era dar con el perro.

15

Fui a sentarme al bar que nos había indicado Antonio, el ladrón.

No tenía un motivo concreto para ir justo allí, pero, cuando tienes que buscar algo que no sabes exactamente qué es, en un sitio que no sabes exactamente dónde está, te aferras a la poca información que posees. Intentas utilizarla para construir un principio de estructura, indispensable para que nuestra inteligencia y nuestra propia percepción puedan funcionar. De lo contrario, fluctúan en el vacío en una ausencia total de coordenadas.

Y por eso vas a un sitio –el único que se te ha indicado con precisión, aunque podría ser que no tuviera nada que ver con lo que buscas– y miras a tu alrededor, hablas con alguien. En resumen, lo intentas.

En la mayor parte de los casos no sucede nada y no descubres nada, pues este método se parece mucho a esa vieja historia del borracho que una noche busca desesperadamente algo bajo una farola. Un policía se le acerca al ver que tiene problemas y le ofrece su ayuda. El hombre le cuenta que ha perdido las llaves de casa. El policía le pregunta si las ha perdido justo allí y el otro responde que no, que las ha perdido en un callejón muy oscuro que hay al lado. El agente, perplejo, le dice entonces que por qué las está buscando allí. Y el borracho replica, empleando el tono molesto de quien afirma algo obvio, que las busca en ese lugar porque debajo de la farola hay luz.

La diferencia fundamental –la que justifica que el investigador haga lo que en la anécdota del borracho es un comportamiento ridículo– es que, por lo general, no sabemos dónde hemos perdido las llaves. Con frecuencia, ni siquiera sabemos si lo que buscamos es una llave u otro tipo de objeto. Un objeto completamente distinto. Y a menudo descubrimos lo que estábamos buscando solo después de haberlo encontrado.

En otros tiempos me preguntaban –periodistas, sobre todo, pero también amigos curiosos– cuáles son las dotes principales de todo buen investigador. Yo solía dar respuestas bastante obvias: el espíritu de observación, el don de escuchar y la capacidad de analizar las cosas desde el punto de vista de los demás, especialmente de los investigados.

Pero la principal cualidad de un buen investigador –y es algo que nunca decía al responder a aquellas preguntas– es la conciencia del papel decisivo que la casualidad y la suerte tienen en la resolución de una investigación. El buen investigador es el que, de forma deliberada, busca multiplicar las posibilidades de que suceda algo casual, de que le sonría la suerte.

Era un día radiante. No hacía frío y había personas sentadas en las mesas de la terraza, junto a las estufas tipo seta. Yo también me senté fuera, para poder fumar y observar la calle. Pedí un café y un cruasán relleno de crema y cereza amarena –mi preferido desde la infancia–, y me regalé un segundo desayuno tardío mientras observaba a mi alrededor, con la esperanza de que pasase un hombre con un perro blanco.

Transcurrió por lo menos una hora, durante la cual me tomé otro café, fumé unos cuantos cigarrillos y no pasaban hombres con perros blancos.

Mientras pedía el segundo café, estuve a punto de enseñarle al camarero la foto de Giuliana que llevaba en el móvil. Estuve a punto de preguntarle si la conocía, si la había visto por allí. Pero luego me dije que no era buena idea. Había transcurrido más de un año, así que, incluso en el caso de que la hubiera visto, era improbable que la reconociese en la foto y la recordase. Por otro lado, aquella era exactamente la clase de pregunta que despierta la curiosidad de quien la recibe y concentra la atención en quien la hace. Eventualidades, todas ellas, que deseaba evitar. Cuando se hace este tipo de trabajo –ya sea oficial o, con más razón, oficioso, como es mi caso– la invisibilidad es fundamental.

Decidí, pues, que solo mostraría la foto como último recurso, si los demás intentos no daban resultado.

Me marché del bar y me dediqué a recorrer las calles de los alrededores tratando de imaginar cuál podría ser el edificio y buscando un hombre con un perro blanco.

Recorrí la zona durante varias horas, me senté en otros dos bares y me quedé por allí hasta que atardeció. No tuve ninguna misteriosa intuición, no vi ningún hombre con un perro blanco y pensé que tal vez no estuviera siguiendo el método adecuado. Aunque tampoco sabía cuál era el método adecuado. Me di cuenta de que me empezaba a invadir la rabia y decidí que era mejor no dejarle sitio o, por lo menos, no mucho. Tenía que regresar a la base y volver a intentarlo –aunque no sabía cómo– al día siguiente.

Una vez en casa me preparé la cena y, para superar la frustración, me dediqué a visitar páginas de protectoras de animales en busca de razas de perros con el pelo corto y blanco. Solo encontré tres: el *bulldog* inglés, el *bull terrier* y el dogo argentino... Eso siempre que el perro cuyo pelo había aparecido en la ropa de Giuliana fuese de raza y no mestizo. Otra posibilidad era que el perro tuviera el pelo de distintos colores, me dije mientras pensaba en el bóxer de un chico con el que había salido muchos años atrás: era precioso, con el pelo atigrado y el pecho blanco. Aunque, si ese era el caso, era poco probable que el perro solo hubiera dejado pelos del pecho. Cabía la posibilidad también de que se tratase de un perro albino. O a lo mejor es que, sencillamente, estaba dando palos de ciego: fuera cual fuese el perro, tenía que verlo para relacionarlo con una persona e intentar así avanzar. Todo lo demás era hablar por hablar y aquella búsqueda no tenía sentido. Me olvidé de los perros, vi un par de episodios de *Jessica Jones* y, por fin, llegó la hora de irme a la cama.

Había cenado una ensalada y un par de cervezas. Luego me había servido un *bourbon* bastante generoso con hielo picado. Por norma, en esas circunstancias, tendría que haber evitado los psicofármacos.

Por norma. Si hubiera seguido las normas, muchas cosas no habrían pasado. Muchas cosas malas, pero también alguna buena.

Si hubiera seguido las normas, tendría que haberme preparado para una noche insomne con todos los añadidos desagradables. Y no me apetecía en absoluto.

16

Por la mañana me desperté descansada y lúcida. La rabia, al parecer, se había disipado. En realidad, había ido a acurrucarse a algún otro lado, desde donde acechaba para clavarme los dientes, como esos dolores de cabeza repentinos y punzantes.

Debía proceder de forma racional. Lo único que podía hacer era patrullar –no al azar, como había hecho el día anterior– la zona entre Porta Genova y el Mudec en busca del hombre del perro. Me prometí dedicar unos cuantos días más a la búsqueda y, si no surgía nada, mostrar por ahí la foto de Giuliana. Y si eso tampoco daba resultado, entonces le pediría a Mano de Piedra que escribiera su informe y detallara todo lo que había descubierto gracias a «una fuente confidencial generalmente fiable», como se suele decir. Y, a partir de ahí, se encargarían ellos.

Cogí el metro, llegué a Porta Genova con un mapa de la zona –un mapa de verdad, no Google Maps– en el que había marcado con boli el área a peinar: a grandes rasgos, la comprendida entre la calle Solari y la calle Tortona. Empecé una batida a conciencia, que consistía en tomar nota de todas las veces que pasaba por una calle, los bares en los que me paraba y las tiendas ante cuyos escaparates me detenía. En un momento determinado pasé por delante de la *boutique* de Aurora y me dije que no perdía nada por intentarlo otra vez.

–Buenos días, ¿se acuerda de mí?

Una pregunta de lo más estúpida. La inseguridad remota, oculta en la sombra, hablaba a través de aquellas palabras.

–Claro que me acuerdo: Penelope, la investigadora privada.

No hice comentarios ni aclaré que más bien era privada y punto, pues carecía de licencia para ese trabajo.

–¿Ha descubierto algo sobre Giuliana?

–Estamos en ello. Pero quisiera hacerle alguna pregunta más.

–Dígame usted, me alegra poder ayudarla.

–¿Giuliana vino a verla alguna vez con alguien? ¿Un hombre con un perro, por ejemplo?

–No, siempre estaba sola.

–Cuando Giuliana se despedía y se iba, ¿se fijó usted si alguna vez la esperaba fuera un hombre con un perro?

Negó con la cabeza.

–Que yo viera, nunca.

–Independientemente de que Giuliana estuviera aquí o no, ¿vio usted algún hombre con un perro blanco cerca de la *boutique*?

–¿Qué clase de perro?

–Un perro de pelo corto.

Negó con la cabeza como antes. Despacio.

–Pero... Creo recordar que una vez Giuliana miró hacia la calle, como si hubiera visto a alguien. Y entonces me dijo que tenía que irse...

–¿Y usted vio de quién se trataba?

–Puede que sí, pero no me acuerdo. Son cosas en las que una se fija solo si hay un motivo específico; de lo contrario, se olvidan enseguida.

–Intente revivir la escena. ¿Algún sonido que le llamara la atención en aquel momento? ¿De qué estaban hablando? Intente recordar los detalles de lo que ocurrió antes de que Giuliana mirase hacia la calle como si hubiera visto a alguien.

Se esforzó, creo. Durante al menos un minuto no dijo nada: tenía la expresión concentrada de quien intenta aferrar un recuerdo, aunque solo sea una palabra o un nombre que se le escapa.

—No —dijo al final—. No recuerdo nada más. Solo sé que, si un hombre la hubiera estado esperando, me habría fijado. Sentía un poco de curiosidad por su vida, por todo ese misterio, el anillo valioso y demás. Si hubiera sido un hombre, me habría fijado. Me acordaría —repitió en tono concluyente.

Durante varios días, en los que tuve buen tiempo, lluvia y hasta alguna nevada débil, hice lo mismo: cogía el metro, llegaba a Porta Genova, recorría las calles de Tortona, Voghera o Solari, contemplaba los escaparates de las tiendas, me paraba en los bares y observaba los edificios, especialmente los que tenían jardín. Me fijé, sobre todo, en gimnasios, salas de exposición y galerías de arte, y visité el Mudec en dos ocasiones.

Desde el segundo día, amplié la búsqueda a dos parques públicos de las inmediaciones, con la esperanza de que allí me resultara más fácil interceptar a los dueños de los perros.

Entré en las librerías del barrio, entre las cuales destacaba una especialmente bonita, en la que uno podía sentarse a comer rodeado de estantes llenos de libros. Fui varias veces a desayunar, a comer o, simplemente, a mirar libros. En una de aquellas ocasiones, mientras hojeaba un ensayo sobre los errores cognitivos, me topé con una especie de acertijo.

«Un hombre y su hijo de diez años viajan en coche. En un momento determinado, el padre pierde el control del vehículo y, en el accidente, muere de forma instantánea. El niño resulta herido de gravedad: necesita una complicada operación de urgencia, por lo que el hospital avisa a una eminencia médica. Cuando entra en el quirófano y ve al niño, dice: "No puedo operarlo, es mi hijo". ¿Cómo es posible?».

Detesto los acertijos. Y los detesto, sobre todo, porque, cuando me encuentro con uno, me dan ganas de dejarlo correr: sé que me obstinaré en resolverlo y que, si no lo consigo, me pondré de los nervios. Los detesto porque, en lugar de hacer lo inteligente, que sería pasar —y esto vale no solo para los acertijos—, me entrego a ellos y no puedo dejar de darles vueltas en mi cabeza.

Como era de esperar, empecé a atormentarme. Puede que el niño fuera el doble del hijo de la eminencia médica, ya que, según dicen, todos tenemos siete dobles en el mundo. Menuda chorrada. O puede que uno de los dos fuese el padre adoptivo. Teóricamente sería posible, si bien no me sonaba a solución correcta... Pero ¿cuál era la solución correcta? Valoré dos o tres hipótesis más, cada una más ridícula que la anterior, y luego empecé a ponerme histérica, como era natural en mí.

«Qué nervios. Ahora mismo busco la solución: seguro que es algo muy obvio, casi todo es obvio cuando te lo explican, y me enfadaré aún más». Pero no busqué la solución. Como suele sucederme cuando tengo un problema que no consigo resolver, intenté imaginar la escena y visualizarla, en lugar de pensar en ella de un modo abstracto.

Cuando me iban a operar de la rodilla, después del accidente que puso fin a mi carrera deportiva, en el quirófano había un cirujano –como la eminencia médica del acertijo–, una anestesista y una enfermera. O sea, dos mujeres y un hombre. No recuerdo la cara de la anestesista, porque se me mezcla con la del cirujano.

¿Quién dice que la eminencia médica es un hombre?

Pam.

La eminencia médica del enigma es la madre del niño, no el padre.

Disfruté de unos momentos de euforia infantil. Lo busqué en el libro solo para prolongar un poco más aquella sensación y leí unas líneas en las que se comentaba el acertijo.

«El masculino es la categoría predefinida, el criterio fundamental en la interpretación del mundo. Por tanto, también la causa fundamental de la mala comprensión del mundo. Se trata de cuestiones fundamentales, se trata de aspectos de la vida cotidiana».

«Se trata de investigaciones –me dije, como si estuviese hablando con alguien–. ¿Quién dice que el asesino es un hombre?».

Hasta ese momento, sin embargo, había considerado que el asesino era un hombre. Todas las hipótesis –las explícitas y las implícitas– giraban en torno a la idea de que fuese un hombre. Dejé el libro en su sitio y salí a la calle. Notaba un cosquilleo en la mente, la sensación electrizante de haber descubierto algo que podía ser decisivo. «Si un hombre la hubiera estado esperando, me habría fijado», había dicho Aurora. Pero ¿y si hubiese sido una mujer? Pregunta inútil que, además, no tenía respuesta. El concepto, sin embargo, era en cierto modo lo mismo que estaba pensando yo: ves o percibes lo que, más o menos conscientemente, estás buscando. ¿Cómo rezaba aquel proverbio chino? «Dos tercios de lo que vemos están detrás de nuestros ojos», o algo así.

Me pregunté si, durante aquellos días de batidas y observaciones del terreno, se me habría pasado por alto una mujer con un perro blanco solo porque buscaba un hombre con un perro blanco. Visión de túnel, ceguera selectiva y demás. En efecto, solo había visto –o solo recordaba haber visto– hombres con perros blancos, ninguno de ellos de pelo corto. Dos pastores de Maremma, dos pomeranos y una especie de lobo blanco precioso. Este último era un pastor suizo, según me había dicho su orgulloso propietario al tiempo que me explicaba que, al tener los perros de esta raza el pelo de ese color, resultaba mucho más fácil distinguirlos de los lobos en la oscuridad. Mientras lo escuchaba hablar, pensé que ojalá fuera igual de sencillo distinguir a los guardianes de los depredadores. Lo cual, por desgracia, no suele suceder. «Felicidades, te has puesto muy filosófica», me dije antes de despedirme del hombre y dar por zanjado el tema.

¿Me había cruzado con mujeres que paseaban perros blancos y no las había visto porque buscaba a un hombre? Probablemente no: buscaba un perro blanco, ese era el criterio. Si hubiera visto alguno, aunque lo llevara de la correa una mujer, me habría fijado. Pero no podía estar del todo segura y, en cualquier caso, era inútil pensar en eso ahora.

17

Tal vez en otro momento la hubiera visto. O tal vez hubiera abandonado la búsqueda, y la historia –esta historia concreta, pero puede que también algo más– habría tomado un rumbo completamente distinto.

Habían pasado otros dos días, seis desde que había empezado aquella búsqueda que cada vez me parecía más inútil y absurda. Nada mejor que la percepción de fracaso para hacer perder el sentido incluso a las cosas que, en teoría, lo tienen.

Ya casi me había resignado. Al día siguiente tenía intención de enseñar por ahí la foto de Giuliana, aunque solo fuera para no dejar ese fleco pendiente, para poder decir que había hecho todo lo posible. Luego llamaría a Rocco Barbagallo, le diría que informara a sus superiores y me retiraría.

Entré en un bar y pedí un carajillo de grapa. Este tipo de consumición, sobre todo por la mañana, ya no es muy habitual, por lo que el camarero –un joven guapo, musculoso y tatuado– me lanzó una mirada perpleja y seductora. O, por lo menos, esa era su intención.

–¿Bebes para olvidar?

–¿Nos conocemos?

–Aún no, pero me encantaría conocerte.

–¿Sabe por qué se lo he preguntado?

–¿Por qué?

–Porque me está tuteando en vez de tratarme de usted, que sería lo adecuado con una señora. O, mejor dicho, lo adecuado con cualquier persona a la que no se conozca.

Buscó una respuesta ingeniosa, pero no la encontró, así que se limitó a farfullar una excusa vacía y se dio la vuelta para preparar el café.

Me había puesto nerviosa –maltratarlo verbalmente no me bastaba, me habría gustado más partirle la cara– y puede que por eso, o por ningún motivo en concreto, me volví en la dirección opuesta, esto es, hacia la puerta de entrada... Justo a tiempo de ver recortada –durante apenas una fracción de segundo– la silueta de una mujer que pasaba con un perro blanco atado con correa.

Salí precipitadamente a la calle y el camarero debió de pensar que me había molestado de verdad por su acoso. Seguí a la mujer y al perro hasta que entraron en un estanco.

Pasé por delante mientras pensaba a toda velocidad qué hacer. Seguí caminando una decena de metros, tomé una decisión y me escupí en las manos. Luego volví atrás y entré en el estanco.

El perro –un *bull terrier* precioso– estaba sentado junto a su dueña, una mujer nada fea, en buena forma física y bien vestida, pero que, en conjunto, no llamaba mucho la atención. ¿Tenía el aspecto de una asesina? ¿Y quién tiene aspecto de asesino? Casi todos los asesinos con los que me había encontrado en mi vida anterior, casi todos los que había hecho detener y luego condenar, parecían personas normales. Algunos eran simpáticos, otros aburridos y otros odiosos; pero casi todos, normales. Signifique lo que signifique la palabra «normal».

–Es precioso. ¿Cómo se llama este chico? –dije.

Al acercarme al animal, me di cuenta de que, en realidad, era una chica. Comprendí entonces que, hasta ese momento, siempre había pensado que el perro que buscaba sería macho.

La mujer me miró y, tras un segundo de vacilación, sonrió.

–Es chica. Se llama Olivia.

–¿Puedo tocarla? Esta raza me encanta. Una persona a la que quería mucho tenía un perro igual.

–Claro. Con los niños y las mujeres es muy buena; con los hombres, desconfiada y, con los otros perros, a veces se pone agresiva.

Pensé que Olivia tenía una idea clara y bastante compartible del mundo. Doblé las rodillas y le acaricié la cabeza y el cuerpo con las dos manos húmedas aún de saliva, para recuperar el máximo de pelos posible. Olivia empezó a mover la cola, que, más que cola, parecía un pequeño bastón rígido y gracioso, y me empujó las piernas con la cabeza. Era puro músculo, durísima, con una firmeza –las mandíbulas, el lomo, las patas– que nunca antes había notado al acariciar a un perro.

–Es joven, ¿no? –dije mientras me incorporaba.

–Tiene tres años.

–¿La adoptó cuando era una cachorrita?

–Sí, tenía dos meses y medio. Era una monada.

Eso significaba que el animal ya existía en la época del homicidio de Giuliana. «Otra pieza», pensé. Me sentí un poco culpable por Olivia, que seguía meneando la cola mientras yo me mostraba amable con ella solo para recoger pruebas contra su dueña. Y, por tanto, para arruinar su vida de perrita feliz.

–Es preciosa, de verdad. Felicidades.

La mujer me observó durante un segundo con una leve expresión de perplejidad, la de quien se pregunta si hay algo que se le escapa y no encuentra respuesta. Luego me dio las gracias, pagó sus cigarrillos y salió.

El estanquero me preguntó si deseaba algo. Dejé pasar un par de segundos sin responder.

–Perdone. He olvidado algo –dije al fin, y salí.

Mientras seguía a la mujer del perro a una distancia prudencial, para descubrir dónde vivían, me miré las manos. Había pelos más que suficientes para efectuar las comprobaciones necesarias, siempre y cuando pudiera conseguir los otros y compararlos.

La mujer y la perrita se alejaron en dirección opuesta a la que habíamos llegado y doblaron una esquina. Las seguí e hice lo mismo, justo a tiempo de verlas entrar en el jardín de un edificio. Precisamente uno de los que habíamos visto días antes con Vanni, el perista, y Antonio, el ladrón.

Al día siguiente por la mañana llamé a Mano de Piedra. Nos encontramos en un bar que estaba cerca de la comisaría, tomamos un café y luego le dije que era mejor hablar fuera. Lo que tenía que pedirle me ponía un poco nerviosa –a él no tardaría en pasarle lo mismo– y algo paranoica también. Cuando eres paranoica en este trabajo, lo primero que piensas es que quizá tu interlocutor esté siendo espiado por el motivo que sea, que tal vez tenga un troyano en el teléfono y vuestra conversación termine así en algún informe y, por tanto, en las manos equivocadas.

–Apaguemos los teléfonos cinco minutos, si no te molesta.

Rocco me miró como si se dispusiera a preguntarme algo, pero se lo pensó mejor. Apagó el teléfono, yo hice lo mismo y encendimos un cigarrillo cada uno.

–¿Qué está pasando, jefa? ¿Tengo que preocuparme?

–Puede que haya descubierto algo importante.

–¿El qué?

–Dame un par de días más y luego te lo cuento todo, pase lo que pase. Pero ahora tienes que hacerme un favor.

–Cuando dice que tengo que hacerle un favor, me entra el miedo. Sobre todo si, antes de hablar, tenemos que apagar los móviles.

–Y tienes razón.

Entonces se lo expliqué, pero lo que le expliqué no le gustó. A mí tampoco me gustaba, pero no tenía otra alternativa.

Tenía que buscar las cajas que contenían las pruebas del delito, abrir el sobre en el que se guardaban los pelos de perro encontrados en la ropa de Giuliana, coger tres o cuatro, guardarlos en otro sobre, volver a cerrar el paquete, sellarlo, guardarlo todo en su sitio y traerme los pelos prestados.

Cuando terminé de hablar, Rocco permaneció largo rato mirándome sin abrir la boca. Muy pocas veces me ha quedado tan claro el significado de la expresión «sin palabras».

—Es menos complicado de lo que parece. Para empezar, nadie se dará cuenta jamás. Por otro lado, tampoco pondremos en peligro una posible investigación posterior, porque, como te he dicho, es suficiente con coger prestados tres o cuatro pelos. Quedarán suficientes para cualquier otra verificación técnica.

—¿Cuántos delitos voy a cometer?

—Cuántos delitos voy a cometer yo, que soy la instigadora. Bastantes, la verdad. Estoy segura de que no quieres saberlo con detalle.

Rocco suspiró.

—Intentaré hacerlo mañana por la mañana temprano, que hay menos gente. Si no me pillan in fraganti, la llamo; de lo contrario, tendrá noticias mías a través de los informativos.

Le di un puñetazo en la espalda, pero me hubiera gustado abrazarlo.

—Si tenemos un poco de suerte, puede que dentro de unos días te presentes ante tu jefe con el caso resuelto.

No hice alusión alguna a la posibilidad de que no tuviéramos suerte.

18

Al día siguiente por la noche, a eso de las nueve, me llamó Mano de Piedra. Yo estaba en casa.

–¿Puedo pasar por ahí, jefa?

–Claro.

–Tengo el libro que me pidió. Si está en casa, se lo llevo.

Media hora más tarde sonó el interfono, bajé y él me entregó un sobre de aspecto anónimo y burocrático, de esos amarillos que se usan en las oficinas.

–Gracias, Rocco, no lo olvidaré.

–Eso es justo lo que tiene que hacer, jefa, olvidarlo.

La broma nos relajó a los dos. Sonreí, cosa que no sucede a menudo.

–Tienes razón. Si me preguntan algo, ni siquiera te conozco.

Él asintió. En aquel gesto, aparentemente sin importancia, se escondía una verdad que me llegó a lo más profundo.

–Te digo algo lo antes posible.

Subió al coche, que había dejado aparcado en doble fila, y se marchó mientras yo subía a casa.

Ahora tenía una muestra de los pelos de perro encontrados en la ropa de Giuliana y otra de los pelos obtenidos ilegalmente de la perrita de una desconocida cuyo nombre ni siquiera sabía. Es más, puede que ni siquiera tuviera nada que ver con el caso.

Tardé un poco en encontrar el número, en uno de los viejos ordenadores que había conservado de mi vida de antes.

–¿Carlo?

–¿Quién es?

–Penelope.

No respondió enseguida.

–Penelope…, hostia puta…

–Veo que tu legendario estilo no ha cambiado.

–¿Cómo estás? Joder, me alegro de oírte.

–Estoy bien, ¿y tú?

–Bien, bien. Engordando, pero, por lo demás, bien.

–El destino de los exdeportistas: engordar.

–No creo que tú estés engordando.

–Pues no, la verdad.

–Penny…

–Dime.

–Lo siento, tendría que haberte llamado. Lo pensé muchas veces, pero luego me faltó valor, no sabía qué decirte. Después fue pasando el tiempo y, cuanto más pasaba, más me costaba dar señales de vida. Soy un cobarde, pero...

–Déjalo, por favor. Hiciste bien en no llamarme. Estaba como loca y te aseguro que los que me llamaron se arrepintieron. Era una historia de la que tenía que salir yo sola. Además, al cabo de un tiempo eliminé mi antiguo número de teléfono, o sea que, aunque hubieras querido llamarme, te habría respondido una voz mecánica informándote de que el número ya no existía.

–Te lo hicieron pagar solo a ti. Imbéciles.

–Los imbéciles vienen incluidos en el lote, pero yo cometí un error imperdonable. A veces no se da cuenta nadie, pero otras sí y la historia acaba mal, como en mi caso. Dicho lo cual, ya podemos dejar el tema. Necesito un favor.

–Dime.

–Si te llevo dos muestras distintas de pelo de perro, ¿cuánto tardarías en decirme si pertenecen o no al mismo animal?

–¿Puedo preguntar por qué?

–No. ¿Cuánto tardarías?

–Joder, me alegro de ver que tú tampoco has cambiado. Con un análisis comparativo normal en el microscopio, ya podemos tener una buena aproximación, sobre todo si los pelos son del mismo color. Para hacer eso, incluido el análisis de la sección transversal, bastan un par de horas, quizá un poco más, desde el momento en que reciba las muestras. Si quisieras también un análisis de la médula capilar, necesitaría más tiempo.

–Entonces, ¿podrás decirme si pertenecen al mismo animal?

–Lo que podré decirte es si, probablemente, pertenecen al mismo animal. Para la confirmación, o casi confirmación, hacen falta pruebas genéticas. De ADN, vamos. Y para eso es necesario que los pelos tengan bulbo piloso, que se encuentren en buen estado de conservación, etc.

–Y en ese caso, ¿cuánto tiempo se necesitaría? O, mejor dicho, ¿cuánto tardarías?

–El ADN de los restos animales no entra en mis competencias. Hay que acudir a un especialista. Un genetista veterinario, diría yo.

–¿Estás en el laboratorio?

–No, coño, claro que no. Son las nueve de la noche.

–¿Cuándo puedo llevarte las muestras?

Suspiró ruidosamente.

–Nos vemos mañana por la mañana a las diez. Los analizaré enseguida con el microscopio y luego, si hace falta, ya buscaremos a quién dirigirnos para la prueba de ADN.

–Vale, Carlo, gracias. Nos vemos mañana por la mañana.

–Penny...

–¿Sí?

–¿Estás segura de que no me obligas a hacer nada irregular, no?

–¿Me crees capaz?

–Sí.

–Pues eso. No hagas preguntas inútiles. Hasta mañana.

El día siguiente amaneció gris, pero sin amenaza de lluvia. O, por lo menos, eso estaba dispuesta a creer yo. Cogí la moto y cuando llegué a Bicocca, unos veinte minutos más tarde, empezaban a caer las primeras gotas. Carlo me esperaba en su laboratorio. Tenía razón, había engordado: no debía de pesar menos de cien kilos y llevaba largo el poco pelo que le quedaba, lo cual le daba cierto aire de dejadez. El aspecto de quien ya hace algún tiempo que se ha resignado. Había sido un chico muy guapo, campeón de piragüismo, además de una de las personas más divertidas que he conocido jamás. Estuvimos saliendo clandestinamente unos pocos meses, antes de que él se casara con una chica a la que yo conocía bien. Una de tantas cosas –no la más grave, desde luego– de las que no me siento especialmente orgullosa.

Nos abrazamos y me retuvo unos segundos más de lo necesario.

–¿Qué haces para mantenerte tan guapa y tan en forma? ¿Qué suplementos alimenticios tomas?

«Vino, *whisky*, cigarrillos y, en caso necesario, psicofármacos».

–Entreno un poco y por las noches me acuesto temprano.

No fui capaz de devolverle el cumplido. Después de intercambiar unas cuantas cortesías y alguna que otra información reservada sobre nuestras respectivas vidas, cosa que preferiría haberme ahorrado, le entregué los dos sobrecitos con las muestras.

Para evitar confusiones, había pegado una etiqueta adhesiva en cada uno de ellos: «Número uno» era la prueba robada por Barbagallo y «Número dos», los pelos del perro de la mujer. Muy ingenioso.

–Como te decía, necesito saber si los pelos podrían pertenecer al mismo animal.

–Como te decía, necesito un par de horas.

–Voy a dar un paseo y vuelvo a mediodía, ¿te parece bien?

–Puedes esperarme en mi estudio, si quieres. Está lloviendo.

–Voy a dar una vuelta, me tomo un café, fumo un cigarrillo y vuelvo a mediodía –repetí.

Fui a sentarme a un bar cercano y dejé pasar el tiempo y la lluvia, mientras pensaba en lo que podía –o debía– hacer si Carlo me confirmaba que los pelos pertenecían al mismo animal.

Una parte de mí me decía que lo mejor era dejar de investigar y contárselo todo a Barbagallo. Ya encontraría él la manera de informar a sus superiores –contándoles una sarta de mentiras y, obviamente, excluyéndome a mí del relato–, quienes, a su vez, informarían a la fiscalía, que, a su vez, reabriría la investigación, etc.

Otra parte de mí, en cambio, levantaba la voz y gritaba que ni hablar. Si yo había llegado hasta allí, tenía derecho a terminar lo empezado, a llegar hasta el fondo del asunto. Especialmente, porque toda aquella información podía quedar de nuevo en nada por culpa de la burocracia.

Hablando claramente: en aquel momento, Rossi no me importaba en absoluto –no pensé en él ni un segundo–, no me importaba la supuesta justicia y tampoco me importaba la víctima. Lo único que me importaba era la caza. Joder, si de verdad estaba tan cerca de la presa, me correspondía a mí prenderla.

A mediodía ya estaba de nuevo con Carlo. Esta vez fuimos a sentarnos a su estudio.

–¿Y bien?

–Hace falta una premisa. Un pelo normal está formado por tres capas de queratina superpuestas. La parte central se llama médula y está rodeada por la corteza, la cual está asimismo rodeada por la capa más exterior, la cutícula, constituida por escamas. Estas tres capas se componen de células muertas y queratinizadas en distintos grados...

–Gracias, admiro tu escrupulosidad, pero vamos a fingir que ya me has soltado toda esa premisa científica y metodológica. Me fío. ¿Son o no del mismo animal?

–Como te decía, eso solo se puede saber con seguridad haciendo una prueba genética.

–¿Podrían ser del mismo animal, aunque sin afirmarlo de modo categórico, es decir, fuera de toda duda? Responde sí o no, te lo suplico, porque esta tensión me está matando.

–Morfológicamente, son idénticos. Por tanto, sí podrían ser del mismo animal. Digamos que es bastante probable.

Me resulta muy difícil describir lo que se siente en un momento así. Era una sensación que ya creía que no volvería a experimentar jamás. Noté una especie de vibración física, como ocurre con ciertas sustancias. La había encontrado, joder, la había encontrado. Supongo que, de alguna manera, Carlo se dio cuenta.

–¿De qué se trata, Penny? ¿Qué estás haciendo?

–Es mejor que no lo sepas. Te debo un favor, pero olvida lo que ha sucedido esta mañana.

–¿Comemos juntos?

Hubo algo en su manera de decirlo, mientras consultaba la hora con falsa indiferencia, que se me antojó patético y fuera de lugar. Me invadió una sensación de profunda incomodidad al tiempo que, por unos instantes, me cruzó por la mente la imagen de nuestros cuerpos jóvenes, impacientes y prisioneros del pasado.

–Gracias, Carlo, pero mejor otro día. Ahora me tengo que ir corriendo, que llego tarde.

19

No me hizo falta pensar mucho. Sola ya no podía descubrir nada más. Lo único que podía hacer era pedirle a ella las explicaciones necesarias. Un riesgo, claro. Como todo.

A la mañana siguiente me aposté delante de su casa a eso de las siete, para interceptarla cuando bajase a sacar a Olivia.

Qué curioso, me dije mientras esperaba en la inhóspita oscuridad de aquella mañana de invierno: conocía el nombre del animal, pero no el de la mujer. Sabía que, de una u otra manera, aquella mujer estaba relacionada con la muerte de Giuliana y, sin embargo, ignoraba quién era.

Poco después de las siete y media, cuando una claridad violácea empezaba a robarle el sitio a la oscuridad, mujer y perrita cruzaron la verja.

Me pregunté si debía seguirla y luego pararla cuando volviera a casa. Me dije que era inútil eludir el momento, así que crucé la calle y la alcancé.

–Buenos días –dije.

En el momento mismo de pronunciar ese saludo, me pareció exactamente lo que era: una expresión estúpida fuera de lugar. Lo que estaba a punto de empezar iba a ser –para ella, en todo caso– cualquier cosa menos un buen día. Pasara lo que pasara. Olivia parecía contenta de verme y me apoyó en las piernas sus patas delanteras, mientras meneaba su tiesa cola. Le acaricié aquella cabeza que parecía de cemento.

La mujer me miró.

–Usted es la del estanco.

–Sí. Tenemos que hablar.

Suspiró, al tiempo que dejaba caer los hombros, y me dio pena. Ya me había ocurrido en alguna ocasión; siempre cuando todo terminaba, después de haber perseguido a alguien durante mucho tiempo.

–¿Cómo han dado conmigo?

–Vayamos a algún sitio a hablar.

–¿Le molesta que antes pasee un poco a Olivia?

–Claro que no. La acompaño.

Nos dirigimos al parque de la calle Stendhal, donde soltó a la perra.

–Ahora que me han encontrado, siento una especie de alivio. Es absurdo, ¿verdad?

Seguía usando el plural y yo no la corregí.

–No, no es absurdo.

–¿Me va a detener?

–Antes hablemos.

–¿Quiere que vayamos a mi casa?

Una idea clara y perfectamente articulada en palabras cruzó por mi mente: «A lo mejor también quiere matarme a mí». Como si fuera un cartel o un aviso de peligro. Por instinto, me aseguré de llevar el calcetín en el bolsillo. Un gesto que, en realidad, carecía de sentido: por mucho que mi arma artesanal fuera muy efectiva en una pelea, frente a una pistola resultaría completamente inútil.

Enseguida me dije que aquella mujer me había tomado por la policía; que, para ella, yo pertenecía a ese sujeto colectivo al que aludía usando el plural –«¿Cómo *han* dado conmigo?»–, y, por tanto, me sentí inclinada a descartar que tuviese intención alguna de matarme.

–Muy bien, vayamos a su casa y así me enseña el lugar de los hechos.

–¿Tendrá que hacer un registro?

–No necesariamente. Depende de lo que usted me cuente.

Fuimos a su casa y, al entrar, pensé en lo surrealista de la situación. Visitaba la escena del delito después de haber descubierto a la asesina, pero sin saber su nombre ni qué había sucedido en realidad. He caminado muchas veces por la cuerda floja, pero nunca como aquella mañana.

Era un piso bonito y se correspondía con la descripción dada por Antonio, el ladrón. Se entraba directamente en una sala espaciosa, con isla de cocina y dos sofás de Alcantara. Con toda probabilidad, de ahí procedían las microfibras encontradas en la ropa de Giuliana. Olía débilmente a humo fresco. En el lado izquierdo de la sala había tres puertas: dos de ellas estaban cerradas; la tercera, abierta, daba a un dormitorio.

—¿Quiere un café?

—Sí, gracias.

—Siéntese, por favor.

Me senté en uno de los dos sofás y Olivia se acercó para que la acariciara, mientras la mujer preparaba café en una máquina de expreso. La escena me hizo pensar en un cuadro de Hopper, en cómo lo habría pintado de haber estado allí.

Tomamos el café y luego ella me preguntó si me molestaba el humo. Le respondí que no, que no me molestaba, y que yo también me iba a fumar un cigarrillo.

—Llevaba años sin fumar —explicó, al tiempo que encendía uno de esos cigarrillos finos e insulsos—. Empecé otra vez después de...

No dije nada. Hablar lo menos posible es siempre la mejor estrategia. A veces, incluso la única.

—¿Cómo me han descubierto?

—La perra —respondí.

—¿La perra?

—Se hallaron pelos de Olivia en la ropa de Giuliana.

No tenía ni idea de qué decirle si, con eso, no le bastaba y me pedía más explicaciones. Pero no preguntó nada más: aquella respuesta, que, en realidad, no respondía a nada, pareció satisfacerla.

—Ya estaba casi convencida de que no iba a ocurrir nunca —prosiguió, inspirando hondo—. Pero ¿sabe una cosa?

—¿Qué?

—Cuando me convencí de que no me iban a encontrar, empecé a pensar en entregarme y confesar.

—A veces pasa.

—Ah, ¿sí? Durante los primeros meses no tenía sentimientos de culpa. Luego, a medida que transcurría el tiempo, se fueron abriendo paso dentro de mí. Se me estaba haciendo insoportable. Cada vez lo pensaba con más frecuencia: «Voy, confieso y me quito este peso de encima». Si hubiese tenido a alguien a quien contárselo todo, tal vez no me hubiera sentido así.

—Dad palabra al dolor... —solté, casi sin darme cuenta.

—¿Qué ha dicho?

—Es una frase de Shakespeare, de *Macbeth* concretamente: «Dad palabra al dolor. El dolor que no habla gime en el corazón hasta que lo rompe».

La mujer adoptó una expresión pensativa, como si estuviera asimilando lo que acababa de escuchar.

–Es completamente cierto –señaló al fin.

Se levantó para abrir una ventana y ventilar la habitación.

Y me lo contó todo desde el principio, como si yo no supiese nada de nada. Que era, precisamente, mi caso.

Ella era representante de joyas, había conocido a Giuliana en el gimnasio y la había contratado como entrenadora personal. De eso ya hacía cuatro años. Giuliana iba a su casa dos veces por semana, a veces tres. Hablaban mucho y se hacían confidencias cada vez más íntimas sobre sus vidas. Las dos confesaron sentirse atraídas por las mujeres. Una tarde, inevitablemente, terminaron la una en brazos de la otra.

–¿Era la primera vez que estaba usted con una mujer?

–Estuve casada. De joven me gustaban los hombres, o eso creía. Luego, hace unos cuantos años ya, descubrí que no era así. Antes de Giuliana había tenido un par de historias con mujeres.

–¿Y Giuliana?

–Para ella tampoco era la primera vez. ¿Ha tenido usted alguna experiencia con otra mujer?

–Ha ocurrido, sí.

–¿Nunca se ha enamorado de una mujer?

«Puede decirse que ni siquiera de un hombre –pensé–. Casi ni recuerdo lo que es eso».

–No, solo fueron anécdotas. Nada de historias románticas.

–Hasta entonces, a mí me había pasado lo mismo; pero, con Giuliana, todo cambió. Primero me enamoré, luego se convirtió en una obsesión. No soportaba que, por la noche, volviese a casa con su marido; no soportaba que no pudiese quedarse a dormir conmigo; no soportaba que durmiera con él; no soportaba la idea de que hiciera el amor con él, por mucho que ella insistiera en que eso no sucedía desde hacía ya mucho tiempo.

–¿Giuliana estaba también enamorada?

–Quiero pensar que, al menos durante unos meses, creyó estarlo. Hacíamos planes de futuro: ella se separaría y vendría a vivir conmigo. Decía que su única preocupación era la niña, que quería pensar bien lo que debía hacer. Tenía miedo de que su marido obtuviese la custodia si salía a la luz que ella, la madre de la niña, mantenía una relación homosexual. Yo le repetía que iríamos juntas a ver a una amiga mía abogada para que nos aconsejara, para no correr ese riesgo.

–¿Y Giuliana qué decía?

–Le parecía bien. Aunque en un par de ocasiones, cuando le propuse pedir hora con la abogada, me dijo

197

que aún no estaba preparada, que tenía que trabajar más en sí misma. Esa era la expresión que usaba: «trabajar en sí misma».

Después del verano, Giuliana parecía distinta. Se la veía mucho menos convencida —eso en el caso de que alguna vez lo hubiera estado realmente— de dejar a su marido. Empezó a faltar a los encuentros, a mostrarse evasiva, a no querer hacer el amor. Finalmente, dijo que quería tomarse un tiempo, que ya estaba harta de mentiras, que debía pensar qué hacer con su familia y ver si era posible salvarla por el bien de la niña.

—Pero todo el mundo sabe lo que de verdad significa «tomarse un tiempo». Es una forma más amable, o tal vez simplemente más cobarde, de decir «te dejo». Lo hablamos muchas veces, nos peleábamos y luego hacíamos las paces; pero aquella tarde parecía muy... decidida. Afirmó que había venido a despedirse, que a partir de aquel día ya no volveríamos a vernos. Le supliqué y luego la amenacé, pero ella fue muy dura y nos dijimos de todo. No sé si me entiende: la persona a la que más amas en el mundo, aquella con quien tienes más intimidad y te despierta la mayor ternura posible..., de repente se convierte en una extraña despiadada. ¿Le ha pasado algo así alguna vez?

Sí, claro, solo que yo casi siempre interpretaba el papel de «extraña despiadada».

—Creo que a todos nos ha pasado alguna vez.

–De repente, todo pierde el sentido. Ni siquiera yo sé por qué se me ocurrió sacar la pistola. La tenía desde hacía unos años, por lo de las joyas. Legalmente registrada, pero eso ya lo saben ustedes.

Asentí con la cabeza. De haber sido yo quien ella creía, desde luego que lo habría sabido.

–Estábamos en esa habitación. «Si no te quedas quieta, te juro que disparo», la amenacé.

–¿Qué hizo ella?

–Me soltó que estaba loca, que no entendía qué coño había visto en mí, que yo era una frustrada igual que su marido. Giuliana podía ser muy despectiva.

Rossi había dicho prácticamente lo mismo.

–Le repetí que se quedara quieta o disparaba, pero ella se puso la chaqueta, dispuesta a marcharse. Y entonces disparé. Le juro que no quería matarla. Quería disparar a la pared, que la bala apenas rozara su cabeza para asustarla y obligarla a quedarse quieta. Ya sé que resulta difícil de creer; ni siquiera yo recuerdo qué pensé exactamente en el momento de apretar el gatillo. Pero sé que no tenía intención de matarla. Solo quería detenerla, de verdad, solo quería detenerla. Me parecía impensable que pudiera marcharse de mi vida.

Se retorció los dedos de una mano con la otra, en un gesto obsesivo que me recordó a una compañera del colegio tan tímida que todo el mundo se reía de ella. Le ofrecí uno de mis cigarrillos y lo aceptó, aunque eran mucho más fuertes que los suyos. Yo encendí otro. La perra cambió de sitio de un modo bastante ostensible, como si se tratara de una protesta silenciosa contra el humo.

–Cuénteme qué sucedió después.

–Giuliana murió en el acto. Moví su cuerpo para cerrar la puerta y vine a sentarme aquí, donde estamos ahora. Pensé en llamarles a ustedes, en decirles que vinieran y contarles que había matado a una persona. Confesarlo todo. Es más, estaba convencida de que llegarían antes incluso de que yo me decidiera a llamar, pues alguien habría escuchado el disparo y ustedes vendrían a averiguar qué había ocurrido. Pero el tiempo iba pasando, yo no llamaba y tampoco aparecía nadie. Entonces empecé a darle vueltas a la cabeza y me imaginé el futuro: toda mi vida en la cárcel. Y sobre todo, por extraño que le pueda parecer, me preguntaba qué sería de Olivia. Esa idea me volvió asombrosamente lúcida. Toda la confusión y toda la niebla que me ofuscaban la mente desaparecieron de golpe. Tenía que resolver un problema y mi cerebro se entregó de lleno a esa tarea.

–¿Qué hizo?

–Lo primero fue llevar a Olivia con el cuidador de perros, un chico que, si hace falta, se los queda en su casa por la noche. Después me fui directamente a un hipermercado, uno de esos grandes almacenes especializados en productos de carpintería, bricolaje, jardinería y esas cosas. Compré un carro de los que se usan para transportar mercancías y cajas, el más grande que encontré. Luego adquirí cinta adhesiva de embalaje y cuerda. Y fui a la farmacia a buscar guantes de látex.

—¿Para qué quería los guantes de látex?

—No sabía si era posible encontrar huellas dactilares en la ropa. Como tenía que trasladar el cuerpo, se me ocurrió tomar esa precaución.

—¿Cuánto tiempo estuvo fuera de casa?

—Tres horas como mínimo.

—¿Puso la alarma cuando se fue?

—No. De hecho, ni siquiera cerré con llave: me di cuenta cuando volví a casa.

—¿Pidió ayuda a alguien para trasladar el cuerpo?

—No.

—No me mienta en esta cuestión.

—Se lo juro. Comprendo que le resulte extraño, pero escúcheme. Envolví el cuerpo en una alfombra y la fijé con unas cuantas vueltas de cinta adhesiva. Esperé a que anocheciera para evitar el riesgo de encontrarme con alguien. Luego cogí el coche y lo aparqué cerca del ascensor del garaje.

—¿Con el ascensor se accede directamente al garaje?

—Sí. Hice pruebas con otra alfombra para ver cuánto tardaba y hacerlo en el menor tiempo posible. Quería automatizar los movimientos, aunque una cosa era la alfombra sola y otra la alfombra con..., en fin, con el cadáver. Y, de hecho, lo más difícil fue introducirla en el coche. Aunque era noche cerrada, temía que justo en aquel momento entrara alguien en el garaje y se ofreciera a ayudarme.

–¿Qué coche tiene?

–Entonces tenía un monovolumen Toyota.

La mujer prosiguió su relato en un tono casi burocrático, y me pareció absolutamente creíble.

Después de desembarazarse del cadáver, tiró la alfombra en otro lado, aunque no recordaba exactamente dónde. Al día siguiente llevó el coche a lavar y, al cabo de unos días, lo dio como entrada para comprar uno nuevo.

–¿Y el teléfono y las joyas de Giuliana? ¿Los cogió para simular un robo?

–Ah, sí. Se me había olvidado decirlo. Quizá porque, de todo lo que hice aquella noche, lo que más me costó fue quitarle los pendientes y los anillos.

–¿También el que tenía forma de serpiente?

A aquellas alturas, era una pregunta inútil desde el punto de vista de la investigación: solo servía para completar mi cuadro personal.

–O sea que eso también lo saben. Sí, el anillo era un regalo mío.

Se quedó absorta unos segundos.

–Sí, lo metí todo en una bolsa llena de papeles viejos y lo tiré en una papelera.

—¿Y la pistola?

—Al día siguiente la arrojé al Naviglio della Martesana. Luego denuncié que me habían robado el bolso con el método del tirón y que llevaba una pistola dentro. Tenía permiso de armas y la pistola estaba legalmente registrada, aunque imagino que eso ya lo saben. Tenía miedo de que, si la encontraban, pudieran analizar el proyectil y concluir que se trataba del arma del crimen.

—¿Tiene otras armas en casa?

La pregunta, en realidad, era un poco incauta. Si yo hubiera sido policía de verdad, como ella suponía, ya tendría que haberlo sabido (siempre que las armas estuviesen legalmente registradas, claro). Pero, a aquellas alturas, eso no me parecía tan importante. Lo importante era evitar el riesgo de que aquella mujer hiciese alguna tontería con otra pistola.

—No, no quise tener ninguna más. Después de aquel día, la simple idea de tocar una pistola me provocaba náuseas. Si entraban a robar, paciencia: ya lo cubriría el seguro.

—¿Qué pasó luego?

—Nada. Esperé durante semanas, convencida de que, en cualquier momento, vendrían ustedes a arrestarme. Luego leí que sospechaban del marido y, poco a poco, empecé a pensar que tal vez no vinieran nunca.

—¿Y si lo hubiesen arrestado a él?

Otra pregunta inútil desde el punto de vista de la investigación. Pero yo no era una investigadora –o ya no– y lo único que quería era saber.

No respondió de inmediato.

–No lo sé. Ni se me pasó por la cabeza. Siempre tuve la sensación de que lo investigaban a él porque no tenían otras pistas, pero jamás pensé que, en verdad, pudieran relacionarlo con..., bueno, con los hechos. No sé qué habría hecho si lo hubieran arrestado.

Todo preciso, impecable. Aquella lucidez suya tendría que haberme irritado, o algo peor. Y, en cambio, no fue así. Tal vez porque, frente a muchos otros casos que había visto en el pasado, no me sonaba a frialdad ni tampoco a insensibilidad rayana en lo obsceno. Más bien era una manifestación del espíritu de supervivencia, una forma instintiva de adaptarse a los hechos. Algo que no era moral, pero tampoco inmoral. Supervivencia.

Me acordé de los registros telefónicos, en los cuales no aparecía contacto alguno entre ambas mujeres.

–¿Cómo se comunicaban?

–Siempre con WhatsApp, para no correr el riesgo de llamarla cuando estuviera con su marido.

Y eso también cuadraba.

–¿Puedo hacerle una pregunta? –dijo, después de un breve silencio.

–Adelante.

–¿Por qué ha venido sola?

Sentí el impulso de contarle la verdad: quién era yo y qué había ocurrido en realidad. Me sentía mal por las mentiras. Tampoco es que eso fuera una novedad en mi vida: ni las mentiras ni la culpa, me refiero.

–Ha sido una iniciativa personal. He querido darle la oportunidad de contar su historia antes de que llegara la orden de prisión preventiva. Ahora pediré que la acompañen a comisaría, donde declarará delante de un abogado, por lo que se considerará una confesión espontánea. No quedará constancia de este encuentro entre usted y yo. Eso le garantizará los atenuantes genéricos y podrá pedir un juicio rápido con una rebaja significativa de la condena. Su abogado se lo explicará todo.

Estaba convencida de que me iba a pedir explicaciones: quién era yo y por qué me comportaba de aquel modo. Sin embargo, se limitó a darme las gracias. Encendió otro cigarrillo y lo fumó en silencio.

–¿Qué pasará con Olivia?

–Habrá que llevarla a la perrera.

–¿Por qué no se la queda usted?

En el momento mismo en que ella me lo pidió, me pareció lo más natural. Natural e inevitable. Así que le contesté que vale, que me la quedaba yo.

–Gracias. Eso hace las cosas un poco menos difíciles. ¿Me dirá cómo está?

—Claro, y le mandaré fotos si quiere; pero ahora tengo que hacer una llamada.

Salí al balcón. Aún hacía frío, pero entre las nubes se filtraban ya unos cuantos rayos enfermizos de sol. Pensé en lo que acababa de ocurrir y, durante un segundo, sentí una intensa mezcla de euforia y tristeza. Encendí otro cigarrillo, pero no me gustó el sabor. Llamé a Mano de Piedra.

—Rocco.

—¿Jefa?

—Tienes que venir. Ahora mismo, deja todo lo que estés haciendo. Ven con un par de colegas de confianza. Te lo cuento todo cuando nos veamos.

Vaciló durante apenas un segundo.

—¿Dónde? —se limitó a preguntar.

20

Mientras esperábamos a la policía judicial, llamé también a Mario Rossi, todavía desde el balcón. Quizá hubiera sido mejor ponerle al día de todo en persona, pero tenía prisa: no quería que lo llamaran de comisaría antes de que yo pudiera hablar con él. Y menos aún quería que se enterara de la noticia a través de internet o de la televisión.

Y, probablemente, me interesaba ser yo quien se lo explicara todo para evitar equívocos sobre quién debía atribuirse todo el mérito. En aquel momento no lo hubiera admitido, pero esa es otra historia: la vanidad siempre es una fiera difícil de amansar.

—Buenos día, señora Spada, estoy con unos clientes. Si no es urgente...

—Es urgente.

Lo oí hablar con alguien, disculparse y pedir paciencia durante unos minutos.

—Ya estoy aquí. ¿Hay novedades?

Había novedades, sí. Se lo conté casi todo: solo omití lo que no era indispensable y manipulé algún que otro detalle. Ya habría tiempo, más adelante, para leer los informes y saberlo todo. Rossi me escuchó en silencio, sin interrumpirme, concentrado en asimilar cada fragmento de la verdad, o de algo que se le parecía bastante.

—Tenemos que vernos —se limitó a decir cuando terminé—. Tengo que pagarle.

Pensé en contestarle que no. No tenía que pagarme, no lo había hecho por dinero; para mí, había sido más una cuestión personal. Como casi siempre.

En cambio, le dije que sí, que de acuerdo, que nos veríamos para que me pagara. Pensé que era lo correcto. Pagarme lo ayudaría a darle un poco de sentido a todo, a cerrar la herida. Si pagaba, él sería el artífice de lo sucedido y podría decirse a sí mismo que aquel resultado se debía a él y a su determinación. Esa misma determinación que, al principio, me había parecido inútil y pueril.

—Tengo tres mil euros en casa, pero no sé si es suficiente...

—Tres mil euros es justo lo que le iba a pedir —mentí.

—La llamo mañana y quedamos.

–Cuando quiera.

–Disculpe...

–¿Sí?

–Estoy aturdido, ni siquiera sé si le ha dado las gracias...

Fue el único momento en que se le quebró la voz.

–Lo ha hecho –le respondí antes de colgar.

A Zanardi lo llamé al poco de marcharme, después de que Barbagallo y sus colegas –todos bastante estupefactos– se hubiesen llevado detenida a la mujer, con la condición de que mi nombre no apareciese en ningún documento de la investigación.

–¡Hombre, Penelope Spada!

–¿Cómo estás?

–¿Qué te pasa?

–¿Qué quieres decir?

–Nunca me preguntas cómo estoy. ¿Qué ocurre?

–Me dijiste que, si descubría algo, tú tenías que ser el primero en saberlo. Eres el tercero; espero que te conformes con eso.

Tardó un poco en entenderlo.

–Espera, espera... ¿El homicidio Baldi?

Le conté lo que necesitaba saber para ser el primero en dar la noticia. Sin demasiados detalles, pero suficientes para una exclusiva, que, por otro lado, no era difícil de imaginar: «Avances inesperados y, al parecer, decisivos en el caso del asesinato de Giuliana Baldi, la entrenadora personal que hace un año apareció muerta de un disparo en la cabeza a las afueras de Rozzano. Por lo visto, la sospechosa del homicidio declara en estos momentos ante el fiscal y el abogado defensor en las dependencias de la policía judicial, blablablá».

Del resto ya se enteraría más tarde, durante la rueda de prensa. Imaginé también el comunicado de la policía: «La larga investigación llevada a cabo por este departamento ha dado como resultado la identificación de la autora de la muerte de Giuliana Baldi, así como el hallazgo de incuestionables pruebas de autoría que han conducido a la susodicha a realizar una detallada confesión, blablablá».

Barbagallo recibiría alabanzas, como también las recibirían sus compañeros, que no habían hecho nada. Zanardi confirmaría su fama casi legendaria de periodista capaz de llegar antes que nadie al lugar de la noticia, cuando no de llegar a donde otros ni siquiera sabían cómo hacerlo. Y Rossi, tal vez, conseguiría hacer las paces con su pasado.

Zanardi insistió para que le contase algo más sobre la confesión.

–¿Cómo coño lo has hecho? Eres Mandrake.

–¿Para qué te lo voy a decir? Total, tampoco lo puedes publicar.

—A lo mejor solo quiero saberlo, aunque no lo pueda publicar.

—Entonces, a lo mejor te lo cuento cuando me vuelvas a invitar a comer.

—Hoy. Nos vemos a la una y media...

—Hoy no. Tengo que ocuparme de una amiga —repuse, mientras le lanzaba una mirada a Olivia, que, sujeta con su correa, caminaba a mi lado.

—Dime, por lo menos, cómo se llama la asesina.

—No lo sé.

21

Por la tarde fui al parque con Olivia. No le quité la correa en ningún momento, pero tampoco parecía que hubiese peligro de que se escapara. Caminaba con la cabeza cerca de mi pierna izquierda, adaptándose con naturalidad a mi paso. Pensé que lo más probable era que la hubieran adiestrado, aunque su sentido del ritmo y la extraña armonía de sus movimientos parecían completamente naturales. Se advertía una sincronía profunda y espontánea en el paso de aquella bestia de aspecto gracioso y letal.

Trotamos juntas durante unos veinte minutos, y el ejercicio me pareció menos aburrido que de costumbre. Luego fuimos a la zona de aparatos, donde, curiosamente, no había nadie.

La até a un banco y ella, sin que yo le dijera nada, se tumbó en el suelo con un movimiento uniforme, fluido. Adoptó una posición simétrica, como si fuera una esfinge. Comencé mi entrenamiento mientras Olivia me observaba con un atisbo de ansia en la mirada, pero firme como un buen soldado.

«Es disciplinada pero no sumisa», pensé exactamente con esas palabras. Disciplina sin sumisión: me gustó mucho el concepto; me pareció una especie de intuición, quizás una enseñanza. Una manera de ver el mundo. Algo en lo que no había pensado hasta entonces, tal vez una solución. Una elección.

Procedí con mis ejercicios y, durante las pausas, la hacía levantarse para que se moviera un poco. Parecía cómoda y meneaba la cola discretamente. En uno o dos momentos me hizo revivir algo del pasado que no conseguí recordar del todo, algo lejano y conmovedor.

Desde aquel rincón del parque, los ruidos de la ciudad llegaban atenuados, eran casi inexistentes.

Había que prestar atención para captar el rugido de los motores, el trajín de las vidas, las voces en los viejos patios, ciertas canciones tarareadas en voz baja, la riqueza y la miseria, las bodegas, las historias, las músicas, los polis y los ladrones y todos los que se pasan de un bando a otro, la rabia y la piedad, las derrotas fulminantes, las victorias fugaces e inesperadas, el tumulto y la quietud, y el inconmensurable escenario de la vida.

En un momento determinado, pasaron dos chicos que corrían despacio y charlaban. Uno de ellos se detuvo para mirar a Olivia. Tenía una cara simpática, de esas que casi inspiran confianza.

–Es preciosa. ¿Puedo tocarla?

Olivia no le quitaba el ojo de encima. No se mostraba hostil, pero tampoco movía la cola.

–Casi mejor que no. Es muy buena con los niños y con las mujeres, pero un poco desconfiada con los hombres.

El chico sonrió y le dijo a su amigo algo que no alcancé a oír. Luego me saludaron con un gesto y se marcharon tal como habían llegado.

Un rato más tarde terminé de entrenar y volvimos a casa las dos juntas.

Esta primera edición de *La disciplina de Penelope*, de
Gianrico Carofiglio, se terminó de imprimir en Grafica
Veneta S.p.A. di Trebaseleghe en Italia en agosto de 2022.
Para la composición del texto se ha utilizado la tipografía Celeste
diseñada por Chris Burke en 1994 para la fundición FontFont.